OPERATION
Nautilus

Wolfgang Hohlbein

Das Mädchen von Atlantis

Ueberreuter

Die Deutsche Bibliothek – CIP-Einheitsaufnahme

Hohlbein, Wolfgang:
Das Mädchen von Atlantis / Wolfgang Hohlbein. – Wien : Ueberreuter, 2001
(Reihe: Operation Nautilus)
ISBN 3-8000-2818-2

J 2498/1

Umschlagbild © www.illustratoren.de / Tom Krieger
Umschlaggestaltung von Zembsch' Werkstatt, München

Druck: Ueberreuter Print
1 3 5 7 6 4 2

Ueberreuter im Internet: www.ueberreuter.de
Wolfgang Hohlbein bei Ueberreuter im Internet: www.hohlbein.com

Dieser Band erschien in veränderter Ausstattung bereits 1993
im Verlag Carl Ueberreuter

Das gedämpfte Wummern der Motoren, von denen das gewaltige Unterseeboot während der letzten Monate erfüllt gewesen war, hatte sich in ein leises Tuckern verwandelt und war schließlich ganz verstummt. In den ersten Tagen und Nächten hatte Mike den Motorenlärm verflucht, denn es war ein Geräusch, das in jeden Raum, jede Ecke, jeden noch so verborgenen Winkel des Schiffes drang und das bald angefangen hatte, nicht nur seinen Herzschlag, sondern auch jeder seiner Bewegungen, der Betonung seiner Worte und selbst seinen Gedanken seinen Rhythmus aufzuzwingen. Aber er hatte sich daran gewöhnt und jetzt empfand er die fast geisterhafte Ruhe beinahe als unangenehm. Aber vielleicht lag es auch nur an seiner Stimmung, die kaum gedrückter hätte sein können, wenn der Weltuntergang unmittelbar bevorstehen würde.

Mike sah sich in der kleinen, einfachen Kammer um, die in den vergangenen Monaten sein Zuhause gewesen war. Er hatte jeden Zentimeter dieses Raumes – ebenso wie das übrige Schiff – kennen und lieben gelernt. Ganz egal, wie viele Wunder man auf diesem Schiff entdeckte, ganz egal, wie viele Geheimnisse man ergründen mochte – für jede Frage, auf die er eine Antwort gefunden hatte, hatten sich zwei neue gestellt, und es hatte keinen Tag gegeben, an dem er oder die anderen nicht wieder etwas Neues über die Funktionen des Schiffes herausgefunden hatten.

Denn dies war nicht nur ein Unterseeboot – was im August des Jahres 1914, in dem sie sich der englischen Küste wieder näherten, an sich schon eine Sensation gewesen wäre. Es war die NAUTILUS, das legendäre Tauchboot des nicht minder legendären Kapitän Nemo, die Mike (und mit ihm nahezu der gesamte Rest der Menschheit) bisher noch für eine bloße Efindung gehalten hatte – ebenso wie ihren Erbauer. Aber inzwischen war viel geschehen und Mike wusste, dass sein Leben nie mehr das gleiche wie früher sein würde. Noch vor mehr als einem halben Jahr hatte er sich für einen ganz normalen, durchschnittlichen Jungen gehalten, einer von über zweihundert ganz normalen, durchschnittlichen Schülern des englischen Internats, in dem er die letzten sechs Jahre seines Lebens verbracht hatte.

Nichts davon kam der Wahrheit irgendwie nahe.

Es begann damit, dass er erfahren hatte, dass sein seit langem toter Vater nicht ein indischer Adeliger gewesen war, wie Mike bisher angenommen hatte, sondern niemand anders als jener legendäre Kapitän Nemo. Und auch er, Mike, war alles andere als ein normaler Schüler des Nobelinternats vor den Toren Londons. Sein wirklicher Name lautete Prinz Dakkar und er war nicht nur der Erbe des beträchtlichen Vermögens seines Vaters, sondern zugleich auch der Erbe der NAUTILUS und mit ihr des unvorstellbaren Schatzes an Wissen und Macht, den sie darstellte, kurz – was Mike in den letzten sieben Monaten widerfahren war, war etwas wie ein Märchen.

Allerdings – an das Vermögen seines Vaters kam er nicht

heran. Er konnte sich auch nicht vorstellen, dass er und die anderen so einfach nach Andara-House zurückkehren konnten, als wäre nichts geschehen. Und was die NAUTILUS betraf ...

Er wurde aus seinen Gedanken gerissen, als die Tür geöffnet wurde. Juan steckte den Kopf herein.

»Wo bleibst du?«, fragte er. »Wir warten schon alle auf dich.« Er trat in die Kabine und legte Mike die Hand auf die Schulter. »Es tut weh, nicht wahr?« Seine Stimme war leise und mitfühlend.

Juan war trotz seiner Jugend ganz das, was man sich unter dem klassischen stolzen spanischen Edelmann vorstellte. Dass er jemandem kameradschaftlich die Hand auf die Schulter legte, war beinahe undenkbar.

Mike wusste diesen Freundschaftsbeweis durchaus zu schätzen. Trotzdem nickte er nur stumm. Was hätte er auch schon sagen sollen? Der Abschied tat wirklich weh. In den letzten Wochen hatten er und seine Freunde mitgeholfen, defekte Aggregate zu reparieren, und gelernt, wie man viele der Maschinen bediente. Sie hatten hier geschlafen, gelacht, gegessen und wilde Pläne gesponnen und zumindest für Mike war das Schiff in dieser Zeit mehr zu einer Heimat geworden, als es Andara-House, das Internat, ja selbst das Anwesen seines Vormunds in Indien je gewesen waren.

Es war einfach nicht fair, dachte er, dass er all dies nun aufgeben musste. Natürlich hatte er von Anfang an gewusst, dass sie nur eine begrenzte Zeit hier verbringen würden, Trautman hatte an seinen diesbezüglichen Plänen von Anfang an keinen Zweifel gelassen. Aber Mike hatte jeden Gedanken daran, was nach ihrer Rückkehr nach England geschehen würde, weit von sich geschoben. Und nun war es plötzlich da.

»Es ist ... nicht fair!«, sagte er mit schwankender Stimme. »Es ist einfach nicht gerecht!«

»Nein, das ist es nicht«, bestätigte der junge Spanier. »Und das hat auch niemand behauptet. Aber es ist das einzig Vernünftige. Du selbst hast schon auf der Vergessenen Insel eingewilligt, dass die NAUTILUS zerstört wird. Ich kann mir vorstellen, wie dir zumute ist, aber trotzdem ...«

Auf der Vergessenen Insel, dem Versteck der NAUTILUS, war sie für ihn nur ein Mythos gewesen, der unvermutet Wirklichkeit geworden war. Er hatte damals keinerlei persönliche Beziehung zu diesem Schiff gehabt, sondern es nur als das gesehen, was es im Grunde auch war: ein fantastisches Fahrzeug und eine gefährliche Waffe, die ungeheuren Schaden anrichten konnte, wenn sie in die falschen Hände fiele.

Und diese Gefahr hatte damals durchaus bestanden: Kapitän Winterfeld von der kaiserlich deutschen Kriegsmarine hatte gewissermaßen schon seine Hände nach der NAUTILUS ausgestreckt. Vor die Wahl gestellt, ihm das Schiff zu überlassen oder es zu zerstören, war es Mike vergleichsweise leicht gefallen, sich für Letzteres zu entscheiden. Aber jetzt sah die Sache entschieden anders aus. Sie waren Winterfeld entkommen.

Andererseits war Mike klar, dass der Kapitän die Suche nach ihnen mit Sicherheit nicht *aufgegeben* hatte, dafür hatte er viel zu viel riskiert, um in den Besitz der NAUTILUS zu gelangen. Über kurz oder lang würden sie ihm wieder begegnen – und ob es ihnen noch einmal gelingen würde, ihn hinters Licht zu führen, war mehr als fraglich. Winterfeld war rücksichtslos und gefährlich und alles andere als dumm.

»Ich könnte heulen bei dem Gedanken, dass Trautman dieses wunderbare Schiff zerstören wird, sobald wir von Bord gegangen sind«, sagte er.

»Ich weiß«, antwortete Juan ernst. »Meinst du, mir geht es anders?«

Überrascht sah Mike den jungen Spanier an. Juan war schon immer ein Einzelgänger gewesen, der jeder Situation mit Vernunft begegnete. Nur wer ihn *wirklich* kannte, konnte ermessen, wie schwer ihm ein Eingeständnis wie dieses fallen musste.

»Aber es geht nun einmal nicht anders«, fuhr Juan fort. »Trautman hat gut eineinhalb Jahrzehnte damit verbracht, die NAUTILUS zu bewachen. Sie ist sein Lebensinhalt. Glaubst du, er würde sie vernichten, wenn er irgendeine andere Möglichkeit sähe?«

Widerstrebend nickte Mike – es nutzte nichts, mit dem Schicksal zu hadern. Die Dinge waren nun einmal, wie sie waren. »Du hast Recht«, murmelte er und straffte sich. »Gehen wir.«

An der Tür verharrte er noch einmal und ließ seinen Blick durch die Kabine schweifen, die er niemals wieder sehen würde. Die letzten sieben Monate waren ...

Nein, es gab keine Worte, um es zu beschreiben. Das große Abenteuer seines Lebens. Aber nun war es vorbei und vielleicht sollte er versuchen seinen Schmerz darüber nicht übermächtig werden zu lassen, um sich wenigstens die Erinnerung an diese Zeit so zu bewahren, wie sie es verdiente.

Seine Augen brannten. Er musste einen Tränenschleier fortblinzeln, als er sich endlich mit einem Ruck abwandte und die Tür hinter sich schloss.

Sie traten auf den Gang hinaus, der beinahe durch die gesamte Länge des Tauchbootes führte. Im Gegensatz zu dem Unterseeboot, mit dem Kapitän Winterfeld sie entführt hatte (dem einzigen, in dem Mike jemals zuvor gewesen war) und in dem alles so niedrig und schmal gebaut war, dass man schon nach zehn Minuten Platzangst bekam, war die NAUTILUS riesig. Sie war gut hundert Meter lang und besaß mehrere Decks, sodass sie fast schon so etwas wie eine kleine, schwimmende Stadt aus Stahl war.

Trautman und die anderen erwarteten sie in der Kommandozentrale. Die anderen, das waren Ben, André und Chris, wie Mike Schüler in Andara-House, und dazu Ghunda Singh, der Sikh-Krieger, Mikes Diener und Leibwächter.

»Na endlich«, brummte Ben, als Mike und Juan eintraten. Er wollte noch mehr sagen, erntete jedoch einen so scharfen Blick Trautmans, dass er den Mund wieder zuklappte. Ben war vermutlich der Einzige, der sich auf das Ende der Reise freute. Anfangs hatte er am schärfsten dagegen protestiert, die NAUTILUS zu zerstören – allerdings nicht, weil er so an dem Schiff hing, sondern weil er fand, es müsste der englischen Marine übergeben werden. Seit er eingesehen hatte, dass er weit und breit der Einzige war, der das für eine gute Idee hielt, hatte er sich nach Kräften bemüht, ihnen die Freude an der Reise zu verderben.

Trautman musterte Mike einige Sekunden lang. Seine Finger

spielten nervös mit einer zusammengerollten Zeitung: einer beinahe drei Wochen alten Ausgabe der TIMES, die sie auf dem Weg hierher erstanden hatten. Trautman war damals eigens dafür an Land gegangen, was im Moment ein nicht unerhebliches Risiko darstellte. Nach fünfzehn Jahren, die er in vollkommener Isolation verbracht hatte, war er neugierig, was in der Welt vor sich ging. Aber schon die Schlagzeile hatte ihm jegliche Lust an der weiteren Lektüre genommen: Sie sagte, dass der Ausbruch eines Krieges nun so gut wie unvermeidlich geworden sei. Und so, wie es aussah, war die Behauptung nicht übertrieben gewesen.

»Bist du so weit?«, erkundigte sich Trautman.

Mike riss seinen Blick von der zusammengerollten Zeitung los und nickte widerstrebend.

»Dann lasst uns gehen«, sagte Trautman und wandte sich zur Tür. Ohne ein weiteres Wort folgten sie Trautman die schmale Treppe zum Turm und danach auf das Deck der NAUTILUS hinauf.

Sie waren in der Nähe von Alderney aufgetaucht. Ursprünglich hatte Trautman vorgehabt, die Themsemündung direkt anzusteuern und sie irgendwo in der Nähe von London an Land zu setzen, was sich jedoch als unmöglich erwiesen hatte. Das Meer wimmelte nur so von Kriegsschiffen und vor allem die Themsemündung wurde streng bewacht. Schon die ganze Zeit war die politische Lage in Europa ernst gewesen: Der Balkan war schon seit Jahren Krisengebiet und zwischen dem deutschen Kaiserreich auf der einen und Frankreich und Großbritannien auf der anderen Seite gab es tief gehende Spannungen. Die große

Zahl von Kriegsschiffen vor der englischen Küste deutete darauf hin, dass sich die Situation seither offenbar noch beträchtlich verschärft hatte.

Deshalb hatte es einige Tage gedauert, bis Trautman entschieden hatte, sie auf der Kanalinsel abzusetzen. Von dort aus sollten sie mit einer Fähre nach England übersetzen.

Ein kalter Wind blies ihnen in die Gesichter, als sie auf das Deck der NAUTILUS hinaustraten. Es war spät in der Nacht, und passend zu Mikes Stimmung waren schwarze Regenwolken am Himmel aufgezogen, die das Licht der Sterne und des Mondes verschluckten, sodass fast vollkommene Dunkelheit herrschte, in der die wenigen Lichter der kleinen Hafenstadt wie ein Sternenband aufleuchteten.

Trautman deutete wortlos auf das kleine Ruderboot, mit dem sie an Land gehen würden. Die NAUTILUS hatte sich der Küste so weit genähert, wie es ging, trotzdem lag zwischen ihnen und dem Strand noch eine gute Meile. Leichter Nebel war aufgezogen, der ihnen eine unbemerkte Landung ermöglichen würde: Außerdem war Alderney eine kleine Insel, mit einem kleinen Hafen, den sich sicherlich niemand zu bewachen die Mühe machte.

»Also los«, sagte Trautman. »Das Wetter ist günstig. In einer Stunde wird es hell. Wenn sich der Nebel verzieht, möchte ich nicht mehr hier sein. Beeilt euch.«

Diese beinahe rüde Art überraschte Mike, aber dann begriff er, weshalb sich der Kapitän der NAUTILUS so benahm. Nicht nur Mike hatte längst gespürt, dass er und die anderen Trautman ebenso ans Herz gewachsen waren wie er ihnen. Er verbarg nur seinen Schmerz hinter seiner Ruppigkeit, um sich und ihnen den Abschied zu erleichtern.

Hintereinander kletterten sie an Bord des kleinen Schiffes, Juan und Ben griffen nach den Rudern, während André, Chris und Singh das Boot mit vereinten Kräften von der Bordwand der NAUTILUS abstießen. Zuerst schien es ihnen nicht zu gelingen, denn die Strömung drückte das Boot immer wieder gegen das große Schiff, fast als hätte es einen eigenen Willen und wolle ebenso wenig hier weg wie Mike und die anderen. Aber schließlich war der Abstand doch groß genug, Juan und Ben tauchten ihre Ruder ins Wasser und begannen zu pullen.

Während der ganzen Zeit wandte Mike den Blick nicht von der NAUTILUS ab. Selbst als sie schon längst vom Nebel verschluckt worden war, starrte er unverwandt weiter in die Richtung, in der er das Schiff wusste. Obwohl er sich fest vorgenommen hatte, nicht zu weinen, konnte er die Tränen nun doch nicht ganz unterdrücken – aber er war nicht der Einzige. Chris, der mit seinen neun Jahren der Jüngste von ihnen war, weinte ganz offen, aber auch André und sogar Juan drehten ein paar Mal den Kopf weg und wischten sich verstohlen über die Augen. Lediglich Singh ließ sich wie üblich keine Gefühlsregung anmerken und Ben – was auch sonst? – gab sich alle Mühe, seinem Ruf als Miesepeter gerecht zu werden.

»Wirklich toll«, kommentierte er, nachdem sie sich ein gutes Stück von der NAUTILUS entfernt hatten. »England befindet sich wahrscheinlich schon im Krieg mit den Deutschen und dieser alte Narr will das großartigste Schiff versenken, das jemals gebaut wurde. Würden wir die NAUTILUS der britischen Marine zur Verfügung stellen, könnte sie den Verlauf dieses Krieges entscheidend beeinflussen.«

»Halt die Klappe«, sagte André. Auch er starrte weiter in den Nebel zurück und in seinem Gesicht stand derselbe Kummer geschrieben, den auch Mike verspürte.

»Aber sicher, ich halte sofort den Mund«, maulte Ben. »Ich meine – warum sollte ich auch was sagen? Die NAUTILUS auf unserer Seite könnte ja nur vielleicht tausende von Menschenleben retten.«

»Oder aber kosten«, entgegnete Juan an Andrés Stelle. Er seufzte. »Das haben wir doch schon oft genug durchgekaut, oder?«

»Aber da wussten wir noch nicht, dass der Krieg tatsächlich ausgebrochen ist. Das ist eine völlig andere Situation.« Ben hielt für einen Moment mit Rudern inne und blickte Juan herausfordernd an. »Willst du vielleicht, dass die Deutschen gewinnen?«

»Bitte schweig«, sagte Singh plötzlich. »Erweise ihm diese letzte Ehre. Er hat sie wahrlich verdient.«

Mike blinzelte. Juan, André und selbst Chris hatten auf einmal einen sehr sonderbaren Ausdruck auf dem Gesicht und Mike überfiel ein unbehagliches Gefühl. »Was ... meinst du damit?«, fragte er zögernd.

Singh wandte den Kopf und sah ihn aus seinen schwarzen, unergründlichen Augen an: »Wir werden Trautman nicht wieder sehen, Herr. Er wird die NAUTILUS auf ihrer letzten Fahrt begleiten.«

»Das weiß ich«, antwortete Mike, »aber wieso –«

Er stockte. Dann begriff er – und fuhr so erschrocken in die

Höhe, dass das winzige Boot wild auf dem Wasser zu schaukeln begann.

»Du meinst –«

»Er meint, dass Trautman mit der NAUTILUS untergehen wird«, fiel ihm Juan ins Wort. »Und jetzt sag bloß noch, du hast das nicht gewusst!«

Aber genau so war es. Mike gestand sich ein, dass er bis jetzt noch nicht einmal darüber nachgedacht hatte, was Trautman tun würde, nachdem er die NAUTILUS versenkt hatte.

Die Antwort war einfach: Er würde nichts tun, weil er mit dem Schiff sterben würde. Er würde es irgendwo versenken, wo das Meer tief genug war, dass der Wasserdruck es zermalmen würde, und Trautman würde an Bord bleiben. Er liebte die NAUTILUS über alles und hatte die letzten fünfzehn Jahre seines Lebens das Schiff bewacht. Wenn es nicht mehr da war, hatte auch sein Leben seinen Sinn verloren. Er würde zusammen mit der NAUTILUS untergehen: Das Schiff, das er fast ein Menschenleben lang beschützt und bewacht hatte, würde nun zu seinem Grab werden.

»Das ... das darf er nicht«, stammelte er. »Das lasse ich nicht zu! Kehrt um! Rudert sofort zurück!«

Ben schürzte nur verächtlich die Lippen und pullte weiter, während Juan ihn voll Mitgefühl ansah. Singh legte ihm sanft die Hand auf die Schulter.

»Es hätte keinen Sinn«, sagte er. »Wahrscheinlich ist er bereits fort. Und selbst wenn nicht – Ihr wisst, dass er so handeln muss. Ihr könntet ihn nicht aufhalten. Ihr würdet es nur für uns alle schwerer machen.«

Mike schlug seine Hand beiseite und funkelte ihn an. Gleich darauf tat ihm seine eigene Unbeherrschtheit schon wieder Leid – aber Singh schien sie ihm nicht übel zu nehmen. Er spürte wohl, dass es nur seine Art war, mit dem Entsetzen fertig zu werden.

Und nach einer Weile ließ sich Mike auch wieder zurücksinken und schloss die Augen. Diesmal versuchte er nicht die Tränen zurückzuhalten, die unter seinen Lidern hervorquollen.

Sie hatten sich erkundigt, wann die nächste Fähre ablegen würde, und dabei erfahren, dass sich Großbritannien tatsächlich im Kriegszustand mit Deutschland befand. So schrecklich die Nachricht auch war, brachte sie ihnen doch einen Vorteil. Vor der Kriegserklärung hatte nur alle paar Tage eine Fähre zwischen Alderney und dem britischen Festland verkehrt. Jetzt aber fuhr täglich mehrmals eine Fähre: die nächste bereits eine Stunde nach Sonnenaufgang.

Um nicht aufzufallen, gingen sie nicht in einer Gruppe, sondern getrennt an Bord – Singh, der sich des neunjährigen Chris angenommen hatte, als Erster, danach kam Ben (niemand hatte sich seinem Vorschlag, *allein* zu gehen, besonders nachdrücklich widersetzt) und am Schluss und mit einigen Minuten Abstand folgten Juan, André und Mike selbst.

Es war ein sonderbares Gefühl, nach so langer Zeit wieder unter Menschen zu sein. Immerhin waren mehr als sieben Monate vergangen, seit sie England verlassen hatten, und seither waren sie eigentlich fast immer allein gewesen. Wenn überhaupt, so hatte sich Mike auf diesen Aspekt ihrer Rückkehr am meisten gefreut: endlich wieder unter Menschen zu sein und einmal andere Gesichter zu sehen als die Singhs, Trautmans oder der vier anderen. Aber nun fühlte Mike sich unter all diesen Menschen nicht wohl. Ganz im Gegenteil: Sie machten ihm Angst. Auf dem Deck der schwankenden Fähre herrschte enormes Gedränge. Er hatte das Gefühl, keine Luft mehr zu bekommen, und der Lärm war unbeschreiblich.

Erst nach einer Weile wurde ihm klar, weshalb.

Es waren nicht die Menschen, die ihm ein solches Unbehagen einflößten. Es war ihre Angst, die er spürte. Wohin er auch sah, blickte er in bedrückte Gesichter, sah er in Augen, die sorgenvoll dreinblickten, und es schien nur ein Gesprächsthema zu geben: den Krieg.

Je mehr Mike darüber nachdachte, desto absurder erschien ihm die Vorstellung, dass sich plötzlich ganze Nationen gegenüberstehen sollten, bis an die Zähne bewaffnet und wild entschlossen, den anderen niederzumachen, ganz gleich, was es kostete. Es gelang ihm einfach nicht, den Gedanken als *Wirklichkeit* zu akzeptieren. Krieg, das war etwas, worüber man in Geschichtsbüchern las oder in Romanen, wo er einen spannenden Hintergrund bilden mochte. Es war Vergangenheit. Die Zeiten, in denen man Meinungsverschiedenheiten dadurch löste, indem man den anderen kurzerhand tötete, sollten eigentlich längst vorbei sein. Ihm selbst kam die Vorstellung noch immer lächerlich vor. Aber die Angst in den Gesichtern der Menschen hier war echt.

Die Fähre legte pünktlich ab und nahm Kurs auf die Britischen Inseln. Juan, André und Mike hatten sich einen Platz auf dem

Achterdeck erobert, an dem sie wenigstens stehen konnten, ohne sich gegenseitig auf die Zehen zu treten. Falls diese Fähre überhaupt jemals so etwas wie Sitzplätze gehabt hatte, so waren sie entfernt worden, um Platz für mehr Passagiere zu schaffen. Zumindest würde die Überfahrt nicht lange dauern – Der Mann, der ihnen die Karten verkauft hatte, hatte gesagt, dass sie kaum zwei Stunden brauchen würden, um England zu erreichen.

Mikes Blick irrte immer wieder auf das Meer hinaus und er ertappte sich bei der widersinnigen Hoffnung, den Turm der NAUTILUS auftauchen zu sehen.

Natürlich würde das nicht geschehen. Sie hatten vor einer halben Stunde abgelegt und das bedeutete, dass Trautman jetzt bereits seit anderthalb Stunden unterwegs war, um die NAUTILUS in ihren letzten Hafen zu steuern. Der Gedanke erfüllte ihn mit tiefer Traurigkeit. Er spürte erst jetzt wirklich, wie sehr ihm dieser alte Mann ans Herz gewachsen war.

Aber war es nicht oft im Leben so – dass man erst begriff, wie viel einem ein Mensch bedeutete, wenn er nicht mehr da war?

»Nimm es nicht so schwer«, sagte André leise. »Trautman tut, was er tun muss. Er hat sich diese Entscheidung bestimmt nicht leicht gemacht.«

Mike begriff, dass seine Gedanken ziemlich deutlich auf seinem Gesicht zu lesen sein mussten.

»Ich ... habe nicht daran gedacht«, antwortete er wenig überzeugend. »Ich habe nach Singh und den anderen Ausschau gehalten.«

André zog nur die Augenbrauen zusammen, aber Juan deutete mit der Hand nach vorne.

»Singh und Chris sind irgendwo am Bug, glaube ich«, sagte er. »Ben steht dort drüben und bläst Trübsal.«

Mikes Blick folgte dem ausgestreckten Arm des Spaniers und tatsächlich sah er Ben: Er stand nur ein knappes Dutzend Schritte entfernt an die Reling gelehnt da und starrte mit finsterem Gesicht auf das Wasser hinab.

»Wahrscheinlich kann er es immer noch nicht verwinden, nicht als strahlender Held heimzukehren und König Georg die NAUTILUS als Beute zu übergeben«, sagte André spöttisch. Er schwieg ein paar Sekunden, dann fügte er leiser und in besorgtem Ton hinzu: »Ich hoffe nur, er hält sich an das, was wir besprochen haben, und erzählt keinen Unsinn.«

Mike verstand seine Sorge. Sie hatten lange über dieses Thema gesprochen und waren schließlich übereingekommen, niemandem zu erzählen, was ihnen in den langen Monaten ihrer Abwesenheit *wirklich* widerfahren war. Davon abgesehen, dass nach der Zerstörung der NAUTILUS niemand mehr einen Nutzen aus dem Wissen um ihre Existenz ziehen konnte, waren sie sich zumindest in diesem Punkt einig gewesen, dass es besser war, Kapitän Nemos Geheimnis zu bewahren. Aber auch Mike war plötzlich nicht mehr sicher, dass Ben sich auch wirklich an ihre Absprache halten würde. Je näher sie England gekommen waren, desto hartnäckiger hatte er versucht Trautman von seinem Entschluss abzubringen, und ihn stattdessen dazu zu überreden, das Schiff der Royal Navy zu übergeben, um – wie er es ausdrückte – den Krieg zu beenden.

Weiter sollte Mike mit seinen Gedanken nicht kommen, denn in diesem Moment entstand irgendwo auf der anderen Seite des Schiffes Aufregung: Sie hörten Stimmen, erregte Rufe und einen Augenblick später Schreie und plötzlich schien die gesamte Menschenmenge nach Steuerbord zu drängen, sodass sie mitgerissen wurden, ob sie wollten oder nicht.

»Was ist da los?«, schrie André über den Tumult hinweg. Mike konnte zur Antwort nur mit den Schultern zucken. Er war inmitten dieser Menschen eingepfercht, wie die sprichwörtliche Sardine in der Dose. Die Bewegung nach Steuerbord hin war inzwischen so gewaltig geworden, dass sich das Schiff in diese Richtung zu neigen begann.

In die gellenden Schreie mischten sich jetzt immer wieder panische Rufe, die mal von einem *Seeungeheuer*, dann wieder von einer *Geheimwaffe* der Deutschen schrien. Eine bange Ahnung begann sich in Mike breit zu machen, worum es sich bei dem »Seeungeheuer« handeln könnte.

Sie erreichten die Reling und ein einziger Blick aufs Meer hinaus genügte, um Mikes Ahnung Gewissheit werden zu lassen.

Ein gewaltiges stählernes Etwas, über dessen Rücken sich vom Bug bis zum Heck ein Zackenkamm zog, der in einem Ehrfurcht gebietenden Rammsporn endete, war nur wenige Dutzend Meter von der Fähre entfernt aufgetaucht. Rings um den stählernen Koloss schäumte das Meer, als koche es. Eine riesige Heckflosse ragte fast zehn Meter weit in die Luft, und um die Ähnlichkeit mit einem Fabelwesen komplett zu machen, erhob sich über der Mitte des Rumpfes ein gewaltiger, buckeliger

Turm, aus dem zwei runde Bullaugen wie übergroße Augen hervorstarrten.

»Die NAUTILUS«, stieß André hervor. »Das ist –«

Weiter kam er nicht, denn trotz seiner Überraschung und Freude fuhr Mike blitzschnell herum und versetzte ihm einen heftigen Rippenstoß. »Still!«, zischte er und sah sich erschrocken um. Glücklicherweise schien niemand Andrés Worte gehört zu haben – rings um sie herum drohte nämlich Panik auszubrechen.

»Das sind die Deutschen!«, kreischte eine dicke Frau. Sie starrte kreidebleich vor Schreck auf das Unterseeboot. Andere Passagiere nahmen ihren Ruf auf. Wieder hallten Schreckensschreie über das Deck. Einige Besatzungsmitglieder versuchten tapfer, aber vergeblich die aufgebrachte Menge zu beruhigen. Die Fähre begann immer spürbarer zu schaukeln.

Mike sah sich nach Ben und den beiden anderen um. Singh kämpfte sich gerade in ihre Richtung vor, wobei er Chris der Einfachheit halber auf die Arme genommen hatte, damit sie nicht getrennt wurden. Von Ben war keine Spur zu sehen.

»Sie kommt näher!«, stieß André atemlos hervor. »Sie kommt zurück, Mike! Trautman geht längsseits!«

Tatsächlich nahm die NAUTILUS wieder Fahrt auf, überholte die Fähre und ging schließlich kaum einen Meter neben der Fähre längsseits, sodass sie scheinbar stillzustehen schien. Hinter dem riesigen Bullauge im Turm bewegte sich ein Schatten, dann wurde die Turmluke geöffnet.

Eine Sekunde lang war es, als hielten alle Leute an Bord den Atem an, aber als nichts geschah, brach die Panik tatsächlich aus. Ein Teil der Menschenmenge versuchte entsetzt, von der Reling und der vermeintlichen Geheimwaffe zurückzuweichen, während von hinten andere herankamen – ein unvorstellbares Gedränge entstand, in dem niemand mehr wirklich von der Stelle kam.

»Trautman will, dass wir wieder an Bord kommen«, rief Mike voll Aufregung. Er wartete nicht ab, ob Juan und André antworteten, sondern schwang sich mit einer entschlossenen Bewegung auf die schmale Metallreling hinauf. Die Fähre war ein ziemlich flaches Schiff, sodass sich der Rücken der NAUTILUS fast auf gleicher Höhe mit ihrem Deck befand. Hinter ihm klangen erschrockene Schreie auf. Jemand versuchte ihn zurückzuhalten, aber Mike streifte die Hand ab und nutzte den Schwung dieser Bewegung zugleich, um sich abzustoßen. Der Sprung war nicht sehr tief, aber er verlor auf dem nassen Metall um ein Haar die Balance und kämpfte mit wild rudernden Armen um sein Gleichgewicht, dann hatte er festen Halt gefunden. »Kommt schon!«, rief er.

Den anderen blieb keine Wahl mehr. Nach dem Sprung war für die Besatzungsmitglieder der Fähre klar, dass Mike und seine Begleiter etwas mit dem mysteriösen Ungetüm zu tun hatten, das so jäh aus dem Meer aufgetaucht war. Rücksichtslos drängten sie sich durch die Menschenmenge auf die Jugendlichen zu.

Juan war der Nächste, der sprang. Mike packte ihn, bevor er stürzen konnte. Ihm folgte André. Von Ben war noch immer nichts zu entdecken.

Zwei Besatzungsmitglieder hatten inzwischen Singh erreicht

und versuchten ihn zu packen. Singh versetzte dem einen einen Stoß, der ihn in die Menschenmenge zurücktrieb, und rammte dem anderen den Ellbogen in den Magen, dass er sich vor Schmerz krümmte. Noch in der gleichen Bewegung fuhr Singh herum, stieg mit einem Fuß auf die schmale Reling – und warf den völlig perplexen Chris einfach zu ihnen herüber! Noch während Mike und Juan gemeinsam vorsprangen, um Chris aufzufangen, stieß Singh sich ab und landete geschmeidig auf dem Deck der NAUTILUS.

Mike hastete auf den Turm zu, stieg die kleine Leiter hinauf und schwang sich durch die Luke ins Innere des Unterseebootes, wo Trautman ihn erwartete.

»Was ist passiert?«, fragte Mike.

Trautmans Aufregung war unverkennbar. »Später«, antwortete er knapp. »Erst einmal müssen wir hier weg. Wo sind die anderen?«

Juan und André polterten bereits die schmale Eisenleiter in den Turm hinunter. Über ihnen erschien Singhs Gestalt und endlich sahen sie auch Ben. Durch das der Fähre zugewandte Bullauge beobachtete Mike, wie Ben ein ganzes Stück zum Heck hin vergeblich versuchte sich durch die Menge zu quetschen. Als er einsah, wie wenig Sinn dieses Unterfangen hatte, sprang er kurzerhand über Bord und begann mit kräftigen Bewegungen auf das Boot zuzukraulen.

Ben war ein guter Schwimmer, aber an Bord der Fähre hatte sich die Situation dramatisch verändert: Zwei Männer in dunkelblauen Uniformen bahnten sich ihren Weg zur Reling, und Mike bemerkte voller Schreck, dass einer ein Gewehr trug.

Trautman und Singh verständigten sich mit einem schnellen Blick. Während Trautmans Finger über die Kontrollen huschten, Schalter umlegten, Knöpfe drückten und Hebel betätigten, kletterte Singh die Leiter wieder hinauf und verharrte auf der zweitobersten Sprosse, um Ben beim Einsteigen zu helfen.

»Aber die werden doch nicht etwa auf ihn schießen!«, sagte Juan ungläubig.

Wie zur Antwort krachte vom Deck der Fähre ein Schuss. Allerdings galt der Angriff nicht dem Jungen im Wasser, sondern der NAUTILUS selbst. Die Kugel knallte gegen den Turm und heulte als Querschläger davon. Natürlich konnte eine Gewehrkugel dem gewaltigen Schiff keinen Schaden zufügen; selbst die Bullaugen bestanden aus fünf Zentimeter dickem Quarzglas, das ein solches Geschoss nicht einmal anzukratzen vermochte. Trotzdem fuhren alle im Turm so erschrocken zusammen, als wäre das Schiff von einem Kanonenschuss getroffen worden.

»Er ist auf Deck!«, rief Singh zu ihnen hinab. »Los!«

Trautman schob einen großen Hebel nach vorne und die NAUTILUS begann sich schwerfällig in Bewegung zu setzen. Das Schiff war so konstruiert, dass es notfalls auch von einem einzigen Menschen gesteuert werden konnte, allerdings standen zahlreiche Funktionen dann nicht zur Verfügung. Um alle Fähigkeiten des Tauchbootes voll zu nutzen, war eine Besatzung von wenigstens einem Dutzend Mann erforderlich.

Jetzt näherten sich Bens hastige Schritte dem Turm. Vor den beiden Bullaugen stieg eine sprudelnde Wasserlinie in die Höhe.

Ben schaffte es, aber buchstäblich im allerletzten Moment. Kaum eine Sekunde, bevor sich das Wasser endgültig über der

NAUTILUS schloss, sprang er mit einem Satz die Leiter herab, und beinahe gleichzeitig knallte Singh den Lukendeckel über sich zu – allerdings nicht schnell genug. Ein Schwall eisigen Wassers schoss herein und ergoss sich über Ben, der gerade erst aus dem Wasser heraus war. Ben begann zu schimpfen, aber niemand achtete darauf.

Das Schiff sank immer schneller und entfernte sich gleichzeitig weiterhin von der Fähre. Im Inneren des Turmes wurde es düster, als die NAUTILUS immer tiefer sank, um eventuellen Verfolgern zu entgehen. Mike schätzte, dass sie sich jetzt schon gute zwanzig oder gar dreißig Meter unter der Meeresoberfläche befanden.

Trotzdem blieb Trautman noch eine geraume Weile gebannt über seine Kontrollen gebeugt stehen, ehe er sich mit einem hörbaren Seufzen aufrichtete und zu ihnen herumdrehte.

»Alles in Ordnung?«, fragte er. Er sah ziemlich erschöpft aus, fand Mike. Es war etwa zwei Stunden her, dass sie sich voneinander verabschiedet hatten, aber Trautman schien in dieser Zeit um Jahre gealtert zu sein.

»Was ist passiert?«, fragte Mike noch einmal. »Warum sind Sie zurückgekommen?«

Trautman legte einen Schalter am Kommandopult um, trat von dem fast mannsgroßen Steuerrad zurück und deutete auf die eiserne Wendeltreppe im Boden, die tiefer ins Innere des Schiffes hinabführte. Der eigentliche Kommandoraum der NAUTILUS befand sich im Rumpf des Schiffes, zwei Etagen unter ihnen.

Mike hatte das Gefühl, gleich vor Neugier platzen zu müssen, aber irgendwie brachte er das Kunststück fertig, sich zu beherrschen. Sie folgten Trautman in den großen, behaglich eingerichteten Kommandoraum der NAUTILUS und zu einem Tisch in der Ecke, auf dem eine Zeitung lag; die TIMES, die Trautman vor etwa drei Wochen gekauft hatte. Mike warf einen flüchtigen Blick auf die Schlagzeilen, die in zehn Zentimeter großen Lettern auf der Titelseite prangten:

GROSSBRITANNIEN STELLT DEM KAISER EIN ULTIMATUM!

IST DER KRIEG NOCH ZU VERMEIDEN?

Für einen kurzen Moment überlegte Mike, ob Trautman tatsächlich nur wegen des Kriegsausbruches seine Absicht geändert hatte. Doch Trautman schlug die Zeitung weiter hinten auf.

»Hier«, sagte er, während er sie Mike reichte. »Ich habe es vorhin erst entdeckt, als ich noch einmal darin geblättert habe. Dabei hatte ich es die ganze Zeit über praktisch vor der Nase! Meine Schuld. Lies!«

Mike überflog rasch den Artikel, während sich die anderen im Halbkreis hinter ihm aufstellten und versuchten über seine Schulter zu blicken. Die Meldung bestand nur aus wenigen Sätzen und besagte, ein deutsches Kriegsschiff habe eine friedliche französische Forschungsexpedition im Atlantik überfallen, ihr Schiff und die gesamte Ausrüstung gekapert und die Besatzung gefangen genommen – bis auf einen einzigen Mann, der wie durch ein Wunder hatte entkommen können.

Verwirrt runzelte Mike die Stirn und gab Trautman die Zeitung zurück. »Und?«, fragte er. Der Artikel war sicher bemerkenswert, aber er begriff nicht ganz, wieso Trautman darüber so aufgeregt war.

»Schau dir den Namen des Mannes an, der die Expedition geleitet hat«, sagte Trautman.

»Professor Ar-ro-nax«, buchstabierte Mike den ungewöhnlich klingenden Namen. »Und?«

Der Name sagte ihm nichts – aber er bemerkte, dass Singh leicht zusammenfuhr.

»Professor Arronax gehört zu den wenigen noch lebenden Menschen, die jemals an Bord der NAUTILUS waren«, erklärte Trautman. »Seit der Begegnung mit deinem Vater haben sie ihr Leben der Suche nach dem versunkenen Atlantis gewidmet.«

»Aber Atlantis ist doch nicht mehr als eine Legende«, warf Juan ein.

Ein leichtes Lächeln erschien auf Trautmans Gesicht. »Wie die NAUTILUS?«, entgegnete er.

Juan zuckte leicht zusammen. »Wollen Sie damit sagen, dass –?«

»Ich will gar nichts sagen«, fiel ihm Trautman ins Wort. »Ich weiß lediglich, dass Professor Arronax davon überzeugt ist, dass es Atlantis gegeben hat und dass er zeit seines Lebens danach gesucht hat.«

»Aber warum sollten die Deutschen eine Forschungsexpedition überfallen?«, wunderte sich André.

»Nicht die *Deutschen*«, korrigierte Trautman und deutete auf die letzten Sätze des Artikels. »Das Flottenkommando hat jede Verantwortung für diesen Zwischenfall abgelehnt und in diesem Fall glaube ich das, weil es das Einzige ist, das Sinn ergibt. Die deutsche Marine dürfte ganz andere Probleme haben, als sich mit der Suche nach Atlantis abzugeben.«

»Winterfeld«, murmelte Mike in jähem Begreifen.

Trautman nickte ernst. »Ja. Genau das befürchte ich auch. Es war zu erwarten, dass er nicht untätig bleiben würde, nachdem er unsere Spur verloren hatte. Wie in dem Artikel steht, hat Professor Arronax eine Taucherglocke entwickelt, mit der man sehr viel tiefer als bisher ins Meer hinabsteigen kann.«

»Und Sie glauben, er hat Atlantis entdeckt?« Der Zweifel in Bens Stimme war nicht zu überhören.

»Mag sein«, erwiderte Trautman. Wenn es jemanden gibt, der den verlorenen Kontinent finden kann, dann ist es Arronax. Er weiß vermutlich mehr darüber als jeder andere lebende Mensch.«

Einige Sekunden herrschte Schweigen.

»Aber ... aber selbst wenn es Atlantis wirklich gegeben hat – was verspricht sich Winterfeld davon, es zu finden?«, fragte Mike schließlich. »Die Insel soll schon vor tausenden von Jahren versunken sein. Vielleicht existieren noch ein paar Ruinen, aber die haben doch höchstens archäologischen Wert.«

Trautman rang einen Moment sichtbar mit sich, dann seufzte er. »Es hat wohl keinen Sinn, die Wahrheit länger zu verschweigen. Über kurz oder lang werdet ihr es ja doch erfahren.« Er sah Mike an. »Hast du dich eigentlich noch nie gefragt, woher dein Vater dieses Schiff hatte?«

»Ich ... ich dachte, dass er die NAUTILUS selbst entworfen hat«, stotterte Mike.

Trautman machte eine wegwerfende Handbewegung. »Das ist, was alle glauben sollen«, sagte er. »Eine Legende, die Nemo selbst in die Welt gesetzt hat, um von der Wahrheit abzulenken.

Ihr habt das Schiff inzwischen alle ganz gut kennen gelernt. Eigentlich hätte ich erwartet, dass ihr längst von selbst darauf gekommen wärt, dass das nicht stimmen kann. Kein Mensch wäre in der Lage, so etwas zu bauen.« Er schüttelte bekräftigend den Kopf. »Nicht in hundert Jahren.«

»Aber ... soll das heißen ...« Mike brach ab. Mit einem Mal ergab alles einen Sinn. Arronax' jahrzehntelange Suche, Winterfelds Überfall auf die Expedition und Trautmans Entsetzen darüber. »Die NAUTILUS kommt aus Atlantis«, murmelte er fassungslos.

»Dein Vater hat selbst mir nie erzählt, wie er die NAUTILUS bekommen hat«, erklärte Trautman ernst. »Er hat nur einmal eine Bemerkung über ein verlorenes Reich unter dem Meer gemacht. Aber damit kann er nur Atlantis gemeint haben.«

Er schloss für einen Moment die Augen und fuhr mit veränderter Stimme und großem Ernst fort: »Wenn die untergegangene atlantische Zivilisation in der Lage gewesen ist, ein Schiff wie dieses zu bauen, kannst du dir dann vorstellen, was sie noch alles hinterlassen hat? *Darauf* hat es Kapitän Winterfeld abgesehen.«

Mike wurde blass, als er die volle Bedeutung dessen begriff, was er gerade gehört hatte. Er warf einen Blick in die Runde und sah, dass es den anderen ebenso erging. Nur Singh sah ungerührt aus wie immer.

»Ich glaube, dass Winterfeld von Anfang an nur hinter dem Geheimnis von Atlantis her war«, fuhr Trautman fort. »Vielleicht ist das sogar der einzige Grund, aus dem er die NAUTILUS haben wollte – um mit ihr nach Atlantis zu suchen. »Die

Geheimnisse von Atlantis in den Händen eines Verrückten wie Winterfeld – unvorstellbar.« Er erschauerte sichtlich. »Deshalb bin ich zurückgekommen«, sagte er. »Ganz egal wie, und ganz egal was es uns kostet – wir müssen ihn aufhalten. Winterfeld darf Atlantis niemals finden.«

Singh senkte den Feldstecher, blinzelte ein paar Mal rasch hintereinander und hob das Glas dann noch einmal kurz an die Augen, ehe er es an Trautman weiterreichte, der neben ihm auf dem eisernen Vorderdeck der NAUTILUS stand. Es war ein sehr sonderbares Fernglas – wie fast alle Dinge des täglichen Gebrauchs, die sich an Bord befanden, stammte es noch von den ursprünglichen Besitzern der NAUTILUS – ein großes, bizarres Etwas mit schimmernden Kupferschwingen an den Seiten und Gläsern, die auf den ersten Blick gar nicht durchsichtig erschienen, denn sie waren pechschwarz. Trotzdem vergrößerte es weit besser als jedes andere Fernglas, das Mike je in der Hand gehabt hatte; selbst besser als das armlange Schülerteleskop, das in seinem Zimmer im Internat stand. Und das war nur ein winziges Beispiel dafür, wie unvorstellbar weit die Technologie der untergegangenen Atlanter der des beginnenden zwanzigsten Jahrhunderts überlegen war.

Ausgelöst durch den Anblick des Glases, begannen Mikes Gedanken eigene Wege zu gehen, während er neben Trautman und dem Sikh stand und darauf wartete, zu erfahren, was die beiden hinter dem für ihn leeren Horizont entdeckt hatten.

Annähernd drei Wochen waren vergangen, seit sie Alderney

verlassen und wieder Kurs auf den Atlantik genommen hatten. Sowohl die Freude, sich wieder an Bord der NAUTILUS zu befinden, wie auch die Aufregung über Winterfelds neues Vorhaben waren im Laufe der Tage einer gewissen Monotonie gewichen. Dabei war es anfangs aufregender denn je gewesen. Jetzt, wo sie wussten, was die NAUTILUS wirklich war, hatten sie das Schiff gewissermaßen neu entdeckt und vieles, was ihnen vorher unverständlich und seltsam vorgekommen war, erschien plötzlich in einem anderen Licht. So hatten sie alles neuerlich untersucht und begutachtet – mit Ausnahme des Maschinenraumes, den Trautman ihnen zu betreten strengstens verboten hatte. Trotzdem hatte Mike einen Blick hinter die entsprechende Tür riskiert. Der große, mit unverständlichen Apparaturen voll gestopfte Raum war von einem unheimlichen Dröhnen und einem sonderbaren, blau pulsierendem Licht erfüllt gewesen, das Mike – so verrückt es ihm selbst erschien – auf der Haut *gespürt* hatte. Er war das unangenehme Kribbeln einen ganzen Tag nicht losgeworden und hatte sich fest vorgenommen, in Zukunft besser auf Trautmans Verbote zu hören.

Was sich nicht verändert hatte, war die Furcht bei der Vorstellung, dass es Winterfeld tatsächlich gelingen könnte, Atlantis zu finden. Die Motoren der NAUTILUS liefen auf vollen Touren, dennoch hatte Mike das Gefühl, dass sie kaum von der Stelle kamen. Geduld war noch nie seine starke Seite gewesen, und der Gedanke daran, dass sie endlose Tage brauchen würden, um ihr Ziel im Atlantik zu erreichen, während Winterfelds Suche vielleicht gerade in diesem Moment schon Erfolg hatte, machte ihn fast wahnsinnig. Und Winterfelds Chancen standen nicht schlecht. Trautman hatte ihnen eine Menge über Professor Arronax erzählt – genug, um Mike und die anderen gebührend neugierig auf ihn zu machen, aber auch genug, ihnen einen gehörigen Respekt einzuflößen.

Arronax gehörte zu den wenigen Menschen, die jemals an Bord der NAUTILUS gewesen waren. Und dieses Erlebnis hatte sein Leben gründlich verändert. Seit jenen Tagen hatte er sich noch mehr der Erforschung der Tiefsee verschrieben – und vor allem der Suche nach dem legendären Atlantis. Wie Trautman erzählt hatte, wusste er mittlerweile ziemlich genau, wo er zu suchen hatte – und verfügte wohl auch über die entsprechenden Mittel. Die von ihm weiterentwickelte Taucherglocke war in der Lage, hunderte von Metern tief ins Meer hinabzutauchen, und somit tiefer als jedes andere Schiff auf der Welt, die NAUTILUS vielleicht ausgenommen.

»Das ist sie«, sagte Trautman und senkte den Feldstecher. »Kein Zweifel. Das ist die LEOPOLD.«

Mike fuhr aus seinen Gedanken hoch. Es erfüllte ihn mit Erleichterung, dass die endlose Zeit der Suche nun vorüber war, aber auch mit Schrecken bei dem Gedanken an das, was noch vor ihnen liegen mochte.

»Da ist noch ein kleineres Schiff«, fuhr Trautman fort. »Das von Arronax, vermute ich.«

»Also ist es wahr«, sagte der Inder düster.

Trautman antwortete nicht.

»Ich verstehe das nicht«, sagte Ben hinter ihnen. Mike drehte sich herum und stellte fest, dass nicht nur er, sondern auch die drei anderen mittlerweile auf das Deck heraufgekommen

hören!«, sagte er scharf. »Habt ihr zwei nichts Besseres zu tun, als euch zu streiten?«

Ben duckte sich ein wenig unter seinen Worten, aber seine Kampfeslust war keineswegs gestillt. »Doch«, antwortete er patzig. »Zum Beispiel darüber nachzudenken, wieso uns ein Schiff beschießt, dessen Besatzung gar nicht wissen kann, dass wir hier sind. Das war ja fast so, als hätten sie auf uns gewartet!«

André seufzte. »Jetzt kommt wieder die Verrätertheorie«, murmelte er. »Wen von uns willst du denn diesmal verdächtigen?«

»Schluss damit!«, fuhr Trautman dazwischen. Seiner Stimme war anzuhören, dass er nahe daran war, die Geduld zu verlieren. Aber Mike musste zugeben, dass Ben nicht ganz Unrecht hatte. Es war wirklich fast, als hätte Winterfeld gewusst, dass sie kamen.

Singhs Überlegungen gingen offensichtlich in die gleiche Richtung und anders als Mike sprach er seine Gedanken laut aus: »Der Junge hat Recht, selbst wenn sie gewusst haben, dass wir sie suchen – wie konnten sie uns überhaupt sehen? Wir sind Meilen von der LEOPOLD entfernt.«

»Das wüsste ich auch gern«, murmelte Trautman. Sein Gesicht war voll Sorge – aber da war etwas in seinen Augen; ein Ausdruck, den Mike noch nie zuvor darin erblickt hatte und der ihm ganz und gar nicht gefiel.

»Winterfeld muss vollkommen den Verstand verloren haben!«, fuhr Trautman erregt fort. »Na gut – wenn dieser feine Herr Krieg haben will, dann kann er ihn bekommen.«

Mike tauschte einen Blick mit Singh. Auch dem Inder war die

Veränderung, die plötzlich mit Trautman vor sich gegangen war, nicht verborgen geblieben. Und sie schien ihm so wenig zu gefallen wie Mike.

»Wie meinen Sie das?«, fragte Mike.

»Unseren ursprünglichen Plan können wir vergessen«, antwortete Trautman. »Wie die Dinge liegen, kommen wir nie unbemerkt an Bord der LEOPOLD. Aber ich denke, dass wir immer noch die eine oder andere Überraschung für diesen Herren bereithaben. Die NAUTILUS verfügt noch über ganz andere Möglichkeiten. Als wir noch unter Kapitän Nemo fuhren, waren wir mehr als einmal in schlimmeren Situationen. Ich werde euch zeigen, wie wir solche Probleme damals gelöst haben.«

»Sind Sie sicher, dass das auch klug ist?«, fragte Mike.

Trautman lachte, leise und auf eine Art, die Mike frösteln ließ. »Nein«, sagte er. »Aber bestimmt wirksam. Auf eure Plätze!«

Es lag etwas so Befehlendes in der Art, wie er das sagte, dass Mike nicht einmal auf den Gedanken kam, sich zu widersetzen oder auch nur noch eine Frage zu stellen, sondern sich auf Skalen und Schalter konzentrierte. Das Motorengeräusch wurde lauter, als die NAUTILUS immer schneller wurde. Mike konnte ihr genaues Tempo auf seinen Instrumenten nicht erkennen, aber er spürte, dass das Schiff seine normale Höchstgeschwindigkeit längst überschritten hatte und immer noch weiter beschleunigte. Eine sonderbare Erregung ergriff von ihm Besitz. Das Gefühl war nicht sehr angenehm, aber er konnte sich ihm auch nicht entziehen. Er glaubte den Anblick, den die NAUTILUS plötzlich bieten musste, vor seinem inneren Auge zu sehen: Das Schiff schoss wie ein gigantischer, stählerner Raubfisch unter Wasser auf seine Beute zu, nicht mehr länger ein friedliches U-Boot, das die Weltmeere durchkreuzte, sondern ein Ungetüm, das Vernichtung und Tod brachte.

Trautmans Blick war auf eine komplizierte Apparatur gerichtet, auf der er die Entfernung zu ihrem Ziel ablesen konnte. Mike erschrak, als er sah, wie rasch sie sich der LEOPOLD näherten. Sie brauchten die Torpedos, von denen Ben vorhin gesprochen hatte, gar nicht mehr. Bei dieser Geschwindigkeit wurde die gesamte NAUTILUS zu einem einzigen, übergroßen Geschoss.

»Was haben Sie vor?«, erkundigte sich Juan. »Sie wollen das Schiff doch nicht wirklich versenken, oder?«

Trautman biss sich auf die Lippen. »Nein«, sagte er dann. »Aber wir werden für ein wenig Aufregung an Bord sorgen.« Er lachte. »Das Letzte, womit Winterfeld jetzt vermutlich rechnet ist, dass wir ihn angreifen. Und gerade darum tun wir es.«

»Angreifen?« Juans Stimme verriet weitaus mehr von seiner Unsicherheit als sein Gesichtsausdruck. »Die LEOPOLD ist ein ziemlich großes Schiff, Trautman«, sagte er. »Selbst im Vergleich zur NAUTILUS. Sind Sie sicher, dass wir sie besiegen können?«

»Ja«, antwortete Trautman. »Wir könnten es, wenn es sein müsste. Aber ich habe nicht vor, jemanden zu töten. Wir können das Schiff beschädigen und in dem Durcheinander versuchen, Arronax und seine Leute zu befreien und die Taucherglocke an uns zu bringen – oder notfalls zu zerstören.«

»Und wie wollen Sie das machen?«, fragte Mike.

»Wir werden der LEOPOLD ein wenig den Bauch aufschlitzen«, erklärte Trautman vergnügt. »Ein so großes Schiff wird davon nicht untergehen, aber die Mannschaft wird alle Hände voll zu tun haben, um das Wasser aus dem Schiff zu pumpen.«

»Aufschlitzen?!« Mike tauschte einen erschrockenen Blick mit Juan und André. Irgendetwas stimmte hier nicht, das spürte er.

»Natürlich«, erklärte Trautman. »Auf diese Weise hat dein Vater all seine Opfer erlegt. Was glaubst du, wofür die NAUTILUS den Zackenkamm hat? Damit sägen wir das Schiff auf, als bestünde es aus Butter statt aus massivem Eichenholz.«

»Holz?«, stammelte Mike. Er fühlte eisigen Schrecken in sich aufsteigen. Sie hatten die LEOPOLD fast erreicht. »Sagten Sie: *Eichenholz*?«

Trautman nickte und sah ihn an, als zweifelte er an seinem Verstand. »Was sonst? Kriegsschiffe baut man schließlich nicht aus Schilf, oder? Es wird einen ganz schönen Ruck geben, aber wir –«

»Worauf Sie sich verlassen können«, fiel ihm Juan trocken ins Wort. »Es mag noch viele Segler aus Holz gegeben haben, als Nemo und Sie die Weltmeere unsicher gemacht haben, aber das Ding da vorne –« Er hob die Hand und deutete zum Bug hin. »– besteht aus mindestens fünf Zentimeter starkem Panzerstahl!«

»Stahl?«, wiederholte Trautman. Auf seinem Gesicht erschien ein bestürzter Ausdruck.

»Panzerstahl«, verbesserte ihn Juan. Er deutete mit Daumen und Zeigefinger einen Abstand von gut fünf Zentimetern an. »So dick.«

Trautman starrte ihn mit blankem Entsetzen an. »O mein Gott!«, flüsterte er. »Wir müssen –«

Er kam nicht weiter. Die Zahlen auf der Anzeige vor ihm hatten die Null erreicht.

Mike fand gerade noch Zeit, sich am Rand seines Pultes festzuklammern, da ging auch schon ein ungeheurer Schlag durch die NAUTILUS. Das Schiff dröhnte wie eine riesige Glocke, die von einem ebenso riesigen Klöppel getroffen worden war, und diesmal war es, als wären sie unter die Füße eines zornigen Riesen geraten, der sich vorgenommen hatte, sie in den Meeresgrund zu rammen. Mike wurde aus seinem Sessel und in die Höhe gerissen, verlor den Halt und schlug einen Salto in der Luft, während er über sein Pult hinwegsegelte. Gellende Schreie erfüllten den Kommandoraum, Mike stürzte hart, wurde erneut herumgerissen und prallte gegen etwas Hartes, dass er glaubte, sein Rückgrat bräche entzwei. Das Licht flackerte. Ein schriller, misstönender Laut erklang, als schrie das Schiff wie unter Schmerzen, und er konnte hören, wie irgendwo weiter am Heck etwas zerbrach. Decke, Boden und Wände schienen einen wilden Tanz um ihn herum aufzuführen, und er sah noch, wie sich der Boden immer weiter und weiter nach vorne senkte, als das Schiff regelrecht ins Meer hineingetrieben wurde. Vergeblich suchte er nach irgendetwas, woran er sich festklammern konnte.

Dann sprang plötzlich die stählerne Wand des Raumes auf ihn zu und das war für etliche Stunden das Letzte, was er sah.

Jemand schlug Mike ins Gesicht: so leicht, dass es nicht wehtat, aber auch so hartnäckig und gleichmäßig, dass es ihm unmöglich war, das zu tun, was er am liebsten getan hätte – nämlich weiterzuschlafen. Widerwillig hob Mike das linke

Augenlid, sah ein dunkles, von schwarzem Haar umrahmtes Gesicht über sich und schloss das Auge sofort wieder.

»Lssmchnruhe«, nuschelte er. Singh jedoch schlug Mike weiter geduldig abwechselnd auf die rechte und die linke Wange, bis dieser endlich die Augen öffnete und seine Hand festhielt.

»Ich denke, du bist mein Leibwächter«, sagte er. »Wieso schlägst du dann auf mich ein, als würdest du dafür bezahlt?«

Es war eine der seltenen Gelegenheiten, bei denen tatsächlich ein Lächeln auf Singhs Zügen erschien. »Ihr müsst aufwachen, Herr«, sagte er.

»Wenn das so ist, warum versuchst du dann mich wieder bewusstlos zu schlagen?«, maulte Mike. Er wollte nicht aufwachen. Er hatte einen so spannenden Traum gehabt. Er hatte geträumt, dass die NAUTILUS das deutsche Kriegsschiff angegriffen hatte und dabei so schwer beschädigt worden war, dass –

Geträumt?

Mike setzte sich mit einem so plötzlichen Ruck auf, dass Singh erschrocken ein Stück zurückprallte. Es war kein Traum gewesen! Sie *hatten* die LEOPOLD angegriffen und das Schiff *war* beschädigt worden. Zumindest war das Letzte, woran er sich erinnern konnte, dass Trautman wohl gründlich die Kontrolle über die NAUTILUS verloren hatte und sich das Tauchboot auf dem Weg zum Meeresboden befand, fünf Meilen unter der Wasseroberfläche.

»Was ist passiert?«, fragte er. »Wo sind wir?«

»Keine Sorge, Herr«, antwortete Singh. »Es ist alles in Ordnung. Niemand ist ernsthaft verletzt.«

»Das ist *dein* Standpunkt«, sagte eine wohl bekannte, nörgelnde Stimme hinter Mike, die ihn endgültig davon überzeugte, dass er nicht mehr träumte. Er drehte sich herum und sah in Bens Gesicht, der Singh unter einem frischen Stirnverband hervor zornig anfunkelte. »Bei Gelegenheit sollten wir uns über die genaue Bedeutung der Worte ›nicht ernsthaft verletzt‹ unterhalten. Ich habe mir fast den Schädel eingeschlagen.«

»Eben«, sagte André gelassen. »Es wurde kein besonders wertvoller Körperteil in Mitleidenschaft gezogen.« Ben warf ihm einen giftigen Blick zu, den André mit einem Grinsen quittierte – das allerdings wenig überzeugend ausfiel. Es lag wohl daran, dass er kaum einen besseren Anblick bot als der junge Engländer – und die anderen ebenfalls. Chris trug einige Heftpflaster auf der Stirn und einen Verband um das rechte Handgelenk. Andrés linkes Auge war dunkel unterlaufen und halb zugeschwollen und Juans Wange zierte ein langer, halb verschorfter Kratzer. Es schien genauso zu sein, wie Singh behauptet hatte: Keiner von ihnen war ernsthaft verletzt, aber offensichtlich war auch niemand ohne Blessuren davongekommen.

»Und was ist mit dem Schiff?«, fragte er.

Juan wollte antworten, aber Trautman kam ihm zuvor. »Es ist beschädigt, aber nicht so schlimm, wie ich befürchtet habe«, sagte er.

Mike stand langsam auf und tastete vorsichtig seine Glieder ab, als müsse er sich davon überzeugen, dass sie auch tatsächlich alle noch da und unversehrt waren. Erst danach nahm er sich die Zeit, seinen Blick durch die Kommandozentrale streifen zu lassen.

Der Anblick war tatsächlich nicht so schlimm, wie er im ersten Moment erwartet hatte, einige Scherben lagen herum und zwei Bilder waren von der Wand gefallen. Der Boden lag ein wenig schräg und vor dem Fenster war nichts als vollkommene Schwärze. Offenbar hatten sie noch einmal Glück gehabt.

»Sieht so aus, als hätten wir noch einmal Glück im Unglück gehabt«, sagte Juan, als ob er Mikes Gedanken gelesen hätte. »Wir sind nicht besonders tief gesunken.« Er deutete auf Trautmans Pult, auf dem sich der Tiefenmesser befand. »Nicht ganz zweihundert Meter. Irgendetwas hat uns aufgehalten.«

»Nicht besonders tief?«, ächzte Mike. »Zweihundert Meter? Und das nennst du nicht besonders tief?!« Er wollte sich erst gar nicht die Tonnen um Tonnen von Wasser vorstellen, die auf jeden Quadratzentimeter des Schiffsrumpfes über ihren Köpfen drückten.

»Das nenne ich es«, sagte Juan ruhig. »Das Meer ist an dieser Stelle beinahe sechstausend Meter tief. Wenn wir nicht auf diesem Riff, oder was immer es ist, gestrandet wären, dann wären wir jetzt dort unten. Und der Wasserdruck in dieser Tiefe hätte mit dem Schiff einfach –« Er hob die Hand, spreizte die Finger und schloss sie dann mit einem Ruck zur Faust. »– das gemacht.«

Mike schauderte erneut. Juans Handbewegung war so anschaulich, dass er gern auf jede weitere Erklärung verzichtete. Die NAUTILUS war ein gewaltiges Schiff, aber sie war nicht unzerstörbar.

»Haben wir viel abbekommen?«, fragte er.

»Trautman und Singh haben sich im Schiff umgesehen, während du geschlafen hast – wie üblich hast du wieder einmal das Spannendste verpasst.« Juan wies zur Decke. »Die oberen Lagerräume scheinen unter Wasser zu stehen. Aber es ist nicht so schlimm, wie es im ersten Moment aussah. Wenn es uns gelingt, das Leck abzudichten, können wir das Wasser herauspumpen. Eine Menge Arbeit, aber es geht – hoffe ich.« Mike deutete mit einer Kopfbewegung auf Trautman, der mit dem Rücken zu ihnen am Fenster stand. »Warum ist er dann so niedergeschlagen?«

»Er macht sich Vorwürfe«, antwortete Juan flüsternd.

»Vorwürfe?«, fragte Mike.

»Weil ich uns um ein Haar alle umgebracht hätte«, sagte Trautman, ehe Juan antworten konnte. Mike und er hatten sehr leise gesprochen, aber Trautman hatte ihre Worte offensichtlich trotzdem verstanden. Er drehte sich nicht zu ihnen herum, als er weitersprach, aber Mike sah, dass er die Fäuste ballte.

»Ich hätte das niemals tun dürfen«, fuhr er fort. »Ich ... ich weiß selbst nicht, was in mich gefahren ist. Ich war wie von Sinnen. Aber ... aber für einen Augenblick war es wieder wie früher. Wie damals, als Nemo noch an Bord dieses Schiffes war.«

Und sie sich als eine Art moderner Pirat betätigt hatten?, dachte Mike. Keiner von ihnen hatte es jemals deutlich ausgesprochen, aber sie alle wussten, dass der sagenumwobene Kapitän Nemo auch eine Menge Dinge getan hatte, die nicht so ganz zu dem Robin-Hood-Image passten, das er in den Erzählungen der Menschen später bekommen hatte. Es gab nicht wenige, die behaupteten, Nemo und seine Männer wären nichts als gemeine Piraten gewesen – was Mike natürlich empört von sich gewiesen hätte, vor allem jetzt, wo er Singh und Trautman kennen gelernt hatte. Aber es gab Dinge, über die Trautman nicht gerne sprach, und was er nun andeutete, gehörte zweifellos dazu.

Und das Schlimmste war vielleicht, dass Mike zu wissen glaubte, was er meinte. Schließlich hatte er es selbst gespürt. Diese düstere, böse Verlockung der Macht und den fast unbändigen Wunsch, die Kräfte dieses fantastischen Schiffes einzusetzen, um ihren Gegner einfach zu zerstören, hatte er ebenso deutlich gefühlt wie Trautman – und wohl auch alle anderen, denn als er sich umsah, erblickte er auch auf Juans und Andrés Gesicht die gleiche Betroffenheit, die auch er verspürte. Einzig Ben sah nur trotzig drein.

»Wir hätten nicht hierher kommen dürfen«, fuhr Trautman fort. »Ich hätte bei meinem Entschluss bleiben und dieses verdammte Schiff an der tiefsten Stelle des Meeres versenken sollen.«

»Es ist ja nicht viel passiert«, sagte Mike.

»Nicht viel passiert?«, Trautman schnaubte. »Wir liegen zweihundert Meter unter dem Meeresspiegel fest. Um ein Haar hätte ich euch alle umgebracht. Und wenn es anders gekommen wäre, dann hätte ich vielleicht noch viel mehr Menschen getötet. Habt ihr eine ungefähre Vorstellung, wie viele Männer an Bord der LEOPOLD sind?«

»Etwa tausendzweihundert«, sagte Ben – und wahrscheinlich hätte er noch mehr gesagt, hätte Juan ihm nicht einen so kräftigen Tritt vor das Schienbein verpasst, dass er vor Schmerz die Luft anhielt.

»Ja, und auch die hätte ich um ein Haar auf dem Gewissen«,

sagte Trautman düster. »Ich hätte mein Wort niemals brechen dürfen. Ich habe Nemo geschworen, dieses Schiff nie wieder als Waffe gegen Menschen einzusetzen. Und er wusste, warum er mir diesen Schwur abverlangte.«

»Wenn Winterfeld Atlantis findet, wird vielleicht noch viel größeres Unheil geschehen«, sagte Mike vorsichtig. »Wir werden ihn kaum davon abhalten können, seine Suche fortzusetzen, wenn wir auf dem Meeresgrund liegen und Wasser aus dem Schiff pumpen«, antwortete Trautman. »Wenn es das Schicksal so will, dann soll er Atlantis meinetwegen finden. Ich werde jedenfalls nicht mehr versuchen mich in Dinge einzumischen, die mich nichts angehen.« Er straffte sich und wandte sich mit einem Ruck von der Schwärze jenseits des Fensters ab.

»Wir werden die NAUTILUS reparieren und danach setze ich euch im nächsten erreichbaren Hafen ab«, sagte er.

Mike schwieg. Er spürte, dass es im Moment vollkommen sinnlos war, mit Trautman darüber zu reden.

»Statt Trübsal zu blasen, sollten wir uns lieber den Schaden genauer ansehen und versuchen den Kahn wieder flott zu machen«, sagte André laut. Er blickte von Trautman zu Singh und wieder zu Trautman. Singh nickte. Trautman schwieg, senkte aber zustimmend den Kopf.

»Du hast Recht«, sagte er schließlich. »Singh und ich gehen nach draußen und sehen uns den Schaden an. Ihr könnt inzwischen hier Ordnung schaffen.«

»Ich komme mit«, sagte Mike spontan.

»Ganz bestimmt nicht«, antwortete Trautman, aber Mike ließ sich so schnell nicht abwimmeln.

»Wieso nicht?«, fragte er. »Es ist für mich dort draußen nicht gefährlicher als für Sie. Und wenn Ihnen etwas passiert, sind wir sowieso alle geliefert.«

»Es gibt dort draußen absolut nichts Interessantes zu sehen«, sagte Trautman mit einer Geste auf die Grabesschwärze jenseits des Fensters. »Außerdem ist es gefährlicher, als du denkst. Es ist nicht so einfach, sich in einem Taucheranzug zu bewegen.«

»Dann wird es Zeit, dass ich es lerne«, sagte Mike. »Ich komme mit.«

Und dabei blieb es.

Eine halbe Stunde später standen Trautman, Singh und er in der Tauchkammer tief unten im Rumpf der NAUTILUS, und Mike war sich nicht mehr so sicher, dass es eine gute Idee gewesen war, die beiden zu begleiten. Er hatte die Taucheranzüge, von denen die NAUTILUS ein gutes Dutzend an Bord hatte, schon vorher gesehen, aber es war etwas anderes, ob diese im Schrank hingen oder ob ein Mensch in ihnen steckte und sich bewegte.

Trautman und Singh hatten kaum noch etwas Menschliches an sich: In den klobigen Anzügen sahen sie wie missgestaltete Zyklopen mit einem riesigen kugelrunden Kopf aus Metall aus. Das Sichtfenster prangte wie ein einzelnes, viel zu großes, starrendes Auge darin. In dem spiegelnden Glas konnte Mike sich selbst als verzerrten Schatten sehen; ein drittes, klobiges Ungeheuer mit einem viel zu kleinen Kopf und einem bleichen Gesicht.

Trautman hob die Hand und winkte ungeduldig und Mike griff nach seinem eigenen Helm und stülpte ihn über. Singh überprüfte gewissenhaft die Verschlüsse, erst dann gab er Trautman ein Zeichen, der sich schwerfällig herumdrehte und an einem kleinen Handrad drehte.

Ein kreisrunder Ausschnitt öffnete sich im Boden. Wasser quoll daraus hervor und überspülte ihre Füße, aber der Druck in der luftdicht abgeriegelten Schleusenkammer verhinderte, dass es höher als einige wenige Fingerbreit stieg. Obwohl der Anzug gut isoliert war, spürte Mike, wie kalt das Wasser des Atlantik in dieser Tiefe war.

Singh war der Erste, der durch die Öffnung kletterte. Während er in den mit schwarzem, ölig aussehendem Wasser gefüllten Schacht hinabstarrte, bedauerte Mike, darauf bestanden zu haben, an dieser Erkundigungsexpedition teilzunehmen. Dort draußen gab es wirklich nichts zu sehen. Nur Dunkelheit, Schwärze und unbekannte Gefahren. Am liebsten hätte er Trautman signalisiert, dass er doch zurückbleiben wollte. Aber sein Stolz verhinderte, dass er jetzt noch einen Rückzieher machte. Tapfer kletterte er in das Loch im Boden hinab. Das Wasser schlug eisig und schwarz über ihm zusammen und seine eigenen Atemzüge erzeugten in dem geschlossenen Kupferhelm unheimlich klingende Echos.

Als er das Schiff verließ, wurde Mike durch das Licht von Singhs Handscheinwerfer geblendet, bevor der Sikh die Lampe in eine andere Richtung schwenkte. Singh stand nur einen Schritt von ihm, aber trotzdem erahnte Mike ihn mehr, als er ihn wirklich sah. Doch er begriff die Bedeutung der Geste, die Singh machte – Mike löste den Scheinwerfer vom Gürtel seines Anzugs, schaltete ihn ein und schwenkte ihn herum.

Was er sah, versetzte ihn in Erstaunen und Schrecken zugleich. Das Meer war zwar hier unten völlig lichtlos, aber keineswegs ohne Leben. Unter ihren Füßen quollen braune Wolken aus aufgewirbeltem Schlamm hoch, aber überall darin bewegte es sich, huschte es hin und her, verschwanden winzige silbrige Schatten aus dem Bereich der ungewohnten Helligkeit. Kleine Schwärme von Fischen stoben vor dem Licht davon und Mike konnte erkennen, dass sie in einer regelrechten Wiese kniehoher, grauweißer Algen standen, die sich in der Strömung sanft hin und her wiegten. Das Leben hatte selbst in dieser Tiefe Fuß gefasst, obwohl das Licht der Sonne niemals hierher gekommen war. Der Gedanke hatte etwas Beruhigendes.

Aber Mike sah auch etwas, was ihn sehr beunruhigte. Die Tauchkammer befand sich im hinteren Drittel des Schiffes. Alles, was davor lag, hatte sich unter dem ungeheuren Gewicht der NAUTILUS tief in den schlammigen Grund gegraben – aber auf der anderen Seite, nur noch wenige Schritte von Singh und ihm entfernt, war –

nichts mehr.

Auch der Inder hatte diese erschreckende Tatsache bemerkt und näherte sich der klaffenden Schwärze; mit langsamen, kleinen Schritten, wobei er Mike und Trautman, der gerade in diesem Moment hinter ihnen aus dem Schiff kletterte, mit Handzeichen zu verstehen gab, dass sie vorsichtig sein sollten.

Mike schob sich buchstäblich millimeterweise weiter. Sein Herz klopfte. Er hatte nicht vergessen, was Trautman ihm über diese Anzüge erzählt hatte: sie waren zwar so sicher, dass sie ihren Träger in nahezu jeder Wassertiefe schützten, aber auch viel zu schwer, um damit zu schwimmen. Wenn er das Gleichgewicht verlor, würde er wie eine Schildkröte, die auf dem Rücken gelandet war, hilflos darauf warten müssen, dass ihn jemand aufhob.

Oder darauf, dass er ungefähr sechstausend Meter tiefer auf dem Meeresboden aufschlug ...

Mike schauderte, als er neben Singh und Trautman stehen blieb und sich behutsam vorbeugte. Der Abgrund lag genau vor ihnen. Das Licht des starken Scheinwerfers verlor sich nach wenigen Metern, als würde es von der Schwärze dort unten aufgesogen wie ein Wassertropfen von der Wüste.

Sie alle waren dem Tod nur um Haaresbreite entgangen: Die NAUTILUS war an der Klippe eines Unterwasserriffes hängen geblieben, aber wäre sie auch nur ein winziges Stückchen weiter abgetrieben ...

Nein, er wollte sich nicht vorstellen, was dann passiert wäre. Das Schiff hing gut zu einem Drittel über dem Nichts. Sein Bug war zwischen einigen Felsen eingekeilt, aber der Halt sah nicht besonders Vertrauen erweckend aus. Mike bildete sich tatsächlich ein, das Boot in der Strömung hin und her wanken zu sehen wie eine zu groß geratene Schiffsschaukel. Natürlich wusste er, dass das pure Einbildung war – ein Scherz, den ihm seine über die Maßen angespannten Nerven spielten. Aber es war auch zugleich eine Warnung. Wenn sie an Bord zurückkehrten, sollten sie sich vielleicht besser vorsichtig bewegen. Eine Winzigkeit mochte genügen, das Schiff vollends abrutschen und ins Bodenlose stürzen zu lassen.

Trautman berührte ihn an der Schulter. Als Mike den Kopf

wandte und ihn ansah, deutete ihm Trautman, dass sie wieder zum Schiff zurückkehren sollten.

Schwerfällig drehten sie sich herum und bewegten sich an der Außenwand des Unterseebootes entlang, wobei ihnen die Lichtstrahlen ihrer Scheinwerfer wie kleine suchende Lichttierchen vorauseilten.

Obwohl das Wasser ihnen mit seinem Auftrieb half, war es ein hartes Stück Arbeit, an der Außenseite der NAUTILUS emporzuklettern. Mike erschrak, als sie hintereinander auf das Oberdeck kletterten und das volle Ausmaß der Schäden erkannten: Mehrere Spitzen des stählernen Zackenkammes waren verbogen, zwei oder drei glatt abgebrochen. Die NAUTILUS musste die LEOPOLD mit weitaus mehr Wucht gerammt haben, als er bisher geglaubt hatte. Auch der Turm mit dem Ausstieg hatte etwas abbekommen; der obere Lukendeckel war verbogen. Er war zwar noch dicht, aber wahrscheinlich würden sie einen Vorschlaghammer brauchen, um ihn jemals wieder aufzubekommen. Das Schlimmste aber war ein fast mannslanger Riss, der sich dort entlangzog, wo sich die oberen Lagerräume befanden.

Und trotzdem hatten sie wieder Glück gehabt. Hätte der Zusammenstoß den Turm beschädigt – oder gar abgerissen –, dann wäre das Schiff binnen weniger Minuten randvoll mit Wasser gelaufen.

Trautman ging näher an den Riss heran, um das Leck genau zu untersuchen. Er blieb eine ganze Weile dort stehen, tastete vorsichtig über das Metall und besah sich auch die Heckschleuse eingehend, die sich in gefährlicher Nähe der Wunde befand, die im Leib der NAUTILUS klaffte. Dann kam er wieder zu ihnen und machte eine Handbewegung, die besagte, dass sie sich wieder ins Schiffsinnere begeben sollten.

Als Mike sich herumdrehte, um der Aufforderung Folge zu leisten, sah er das Licht.

Mike erstarrte mitten in der Bewegung.

Es war nur ein Schimmer gewesen, ein kurzer, blasser Blitz, der ebenso rasch wieder erloschen wie aufgeflammt war.

Mikes Herz begann so schnell zu schlagen, dass er es bis in die Fingerspitzen fühlen konnte. Ein Licht? Hier unten? Zweihundert Meter unter dem Meeresspiegel? Offensichtlich hatte auch Singh das Licht gesehen, denn das spiegelnde Zyklopenauge seines Helmes blickte starr in die gleiche Richtung, als Mike sich zu ihm herumdrehte.

Trautman winkte ihnen erneut, doch Singh und Mike schüttelten gleichzeitig den Kopf und Singh deutete in die Richtung, in der sie das Licht gesehen hatten. Mike hatte sich nicht getäuscht: Es vergingen nur einige Sekunden, dann flammte das Licht wieder auf, wieder nur für einen winzigen Moment. Aber diesmal hatte es auch Trautman gesehen, denn er kletterte am Rumpf der NAUTILUS hinab, so schnell es der klobige Anzug zuließ, und legte seinen Scheinwerfer auf den Boden. Der gelbe Lichtstrahl, der in der schauerlichen Schwärze hier unten noch greller wirkte als ohnehin, stach schräg nach oben in den flüssigen Himmel, wo er sich nach einer Weile in der Dunkelheit verlor.

Im ersten Moment verstand Mike nicht, warum Trautman das tat – aber es wurde ihm klar, kaum dass sie sich ein paar Schritte von der NAUTILUS entfernt hatten. Das Schiff verschmolz mit dem schwarzen Wasser und war schon nach Augenblicken einfach verschwunden. Ohne den Scheinwerfer, den Trautman zurückgelassen hatte, hätten sie wahrscheinlich keine Chance gehabt, den Rückweg jemals zu finden.

So dicht hintereinander, dass sie sich mit den ausgestreckten Armen hätten berühren können, bewegten sie sich in Richtung des Lichtes. Es war auch jetzt noch dann und wann zu erblicken: ein sanfter Schimmer, der aufblitzte und verschwand, mal für eine Sekunde, mal für zwei oder drei, mal nur für einen winzigen Augenblick. Mike versuchte vergeblich irgendeine Regelmäßigkeit in diesem Rhythmus zu entdecken. Das Licht schien vollkommen willkürlich aufzuleuchten und wieder zu erlöschen.

Es war sehr schwer, in diesem schwarzen Universum Entfernungen zu schätzen, aber Mike glaubte nicht, dass sie weiter als zwei– oder dreihundert Schritte von der NAUTILUS weg waren, als Trautman plötzlich stehen blieb und warnend die Hand hob. Irgendwo nicht mehr sehr weit vor ihnen wurde der Lichtschein von Singhs Lampe von etwas Großem, Metallischem reflektiert, dessen Umrisse nicht genauer zu erkennen waren: ein Schatten von nur zu erahnender Größe und Form, der aus dem Schlamm des Meeresgrundes herauswuchs.

Äußerst vorsichtig bewegten sie sich weiter. Plötzlich sah Mike das Licht wieder: Es leuchtete jetzt direkt vor ihnen auf, wie ein kleines, asymmetrisch geformtes Auge, das in unregelmäßigem Takt blinzelte.

Es war ein Fenster. Ein Fenster, hinter dem Licht brannte.

Ein dichter Vorhang aus Algen und Tang bewegte sich davor im willkürlichen Takt der Strömung, wie wehendes verfilztes Haar.

Mike spürte, wie seine Hände in den dicken Handschuhen vor Aufregung feucht wurden. Unter den hin und her gleitenden Lichtkreisen seines und Singhs Scheinwerfer schälten sich allmählich die Konturen einer gewaltigen, metallenen Kuppel aus der Schwärze, ein riesiger Bau, sicher fünfzehn Meter hoch und mehr als doppelt so breit, der über und über mit Muscheln verkrustet war, sodass nur hier und da noch ein Stück längst blind gewordenes Metall zu erkennen blieb. Ohne das Fenster mit dem Licht wäre die Kuppel vollkommen unsichtbar gewesen. Sie hätten buchstäblich darüber stolpern können, ohne auch nur zu ahnen, dass vor ihnen mehr als ein Felsbuckel lag.

Trautman tastete sich ein Stück an der Kuppel entlang und winkte ihnen. Mike und Singh gingen zu ihm. Vor ihnen befand sich ein kleiner, aus der Kuppel ragender Vorbau – unverkennbar so etwas wie eine Tür. Trautman machte sich an einem Handrad neben dem Eingang zu schaffen, aber erst als Singh ihm half, gelang es ihnen, das Rad zu drehen. Selbst die beiden Männer mussten all ihre Kraft aufwenden, um das sonderbar geformte Rad zu bewegen.

Langsam schwang die runde Tür auf. Eine Perlenkette aus silbernen Luftblasen sprudelte ihnen entgegen und Mike hob sofort seine Lampe, um in den dahinter liegenden Raum zu leuchten. Er sah eine rechteckig geformte Kammer aus Metall, die vollkommen leer war. An der gegenüberliegenden Wand befand sich eine zweite Tür und ein gleichartiges Rad. Die Kammer war eine Schleuse, ganz ähnlich der Tauchkammer an Bord der NAUTILUS.

Trautman und Singh hatten die äußere Tür weit genug geöffnet, um durchgehen zu können. Trautman deutete ihnen zurückzubleiben, betrat die Schleuse als Erster und blieb eine volle Minute reglos stehen, ehe er ihnen winkte, ihm zu folgen. Mike gehorchte, wenn auch langsam und mit zitternden Knien. In seine Entdeckungsfreude hatte sich längst etwas Angst gemischt. Diese Kuppel war alt: *uralt.* Er fragte sich, was sie hinter der Tür auf der anderen Seite finden mochten.

Nachdem Singh als Letzter die Schleuse betreten hatte, machten sich Trautman und er mit vereinten Kräften daran, an dem Rad zu drehen. Wie erwartet schloss sich die Tür hinter ihnen – aber dann geschah etwas völlig Unerwartetes: Kaum war die gewaltige Tür wieder zu, da glomm an der gebogenen Decke über ihnen ein mildes, grünes Licht auf, und fast im selben Moment hörten sie ein dumpfes Rumoren und Rauschen und der Wasserspiegel in der Kammer begann zu sinken. Anscheinend hatten sie mit ihrem Eindringen eine Art Automatik ausgelöst, die ganz von selbst reagierte und das Wasser aus der Schleuse pumpte.

Der Gedanke beunruhigte Mike. Ihm war längst klar, dass sie tatsächlich gefunden hatten, wonach Arronax und Winterfeld noch suchten: Die Kuppel war zweifellos ein Bauwerk der sagenumwobenen Atlanter. Sie konnte gar nichts anderes sein. *Das* beunruhigte ihn auch nicht. Im Gegenteil. *Was* ihn beunruhigte, war das Licht, das sie hinter dem Fenster gesehen hatten, und die Tatsache, dass zumindest ein Teil ihrer uralten Technik noch funktionierte.

Als das Wasser so weit gesunken war, dass es ihnen nur noch bis zur Brust reichte, hob Trautman die Hände und begann seinen Helm abzuschrauben. Mike wollte dasselbe tun, aber Trautman machte eine verneinende Bewegung, die ihn innehalten ließ, setzte den Helm behutsam ab und atmete fünf-, sechs-, siebenmal hintereinander ein und aus, ehe er auch Singh und Mike gestattete, ihre Helme abzunehmen.

Die Luft, die sie einatmeten, schmeckte sonderbar: alt und abgestanden und fremdartig. Mike konnte es nicht besser beschreiben, denn es war eine Art von Luft, wie er sie noch niemals gerochen hatte.

»Ich glaube, wir haben gefunden, wonach Winterfeld und Arronax suchen«, sagte Trautman – fast wörtlich das, was Mike gerade gedacht hatte. Trautmans Stimme klang seltsam, ein fast ehrfürchtiges Flüstern, das von den metallenen Wänden hohl und irgendwie heiser zurückgeworfen wurde.

Und er hatte die Worte kaum ausgesprochen, da hörten sie erneut dieses rumpelnde Geräusch – und vor ihnen begann sich die innere Tür der Schleusenkammer, wie von Geisterhand bewegt, zu öffnen.

Während der Sekunden, die vergingen, bis sich die Tür so weit geöffnet hatte, dass sie einen Blick in den dahinter liegenden Raum werfen konnten, plagten Mike alle nur denkbaren fürchterlichen Visionen – von der Vorstellung, von einem tosenden Wasserschwall verschlungen zu werden, bis hin zu der, sich einem glotzäugigen Ungeheuer mit Krakenarmen und handlangen Zähnen gegenüberzusehen. Nichts von alledem geschah – aber es kam Mike noch im Nachhinein ganz erstaunlich vor, wie lange ein paar Sekunden sein konnten, in denen man hilflos den Schreckgespenstern der eigenen Fantasie ausgeliefert war.

Und was sie sahen, war erstaunlich genug. Auch das Innere der Kuppel war hell erleuchtet. Das Licht, das von derselben unwirklichen grünen Farbe war wie das in der Schleuse, kam aus unsichtbaren Quellen unter der Decke, und was es enthüllte, ließ Mike neuerlich erschaudern.

Der ganze, riesige Raum war mit Maschinen und Gerätschaften der unterschiedlichsten Größe und Bauart regelrecht voll gestopft. Nichts davon ähnelte irgendetwas, was er jemals gesehen hatte. Sowohl die Einrichtung wie auch die gesamte Architektur der Halle gehorchten einer fremdartigen, düsteren Geometrie. Es war Mike unmöglich, irgendwo einen rechten Winkel zu entdecken, eine gerade Linie oder auch nur eine Krümmung, die ihm vertraut schien, aber es war ihm auch unmöglich, die Abweichung vom Normalen zu beschreiben. Es war, als wären alle Winkel und Linien, alle Formen und Umrisse ein ganz kleines Stückchen verschoben – aber in eine Richtung, die es eigentlich gar nicht gab.

Und so unheimlich und fremd ihm diese Umgebung erschien, kam sie ihm doch zugleich auch auf sonderbare Weise vertraut vor. Staunend und hin und her gerissen zwischen Faszination und Furcht ging er in die Halle hinein. Bei jedem Schritt dröhnten seine schweren Stiefel dumpf auf dem Boden. Anders als die Wände bestand er aus Stein; aus großen, asymmetrisch geformten Blöcken, die ein eigenartiges Muster bildeten, von dem Mike irgendwie sicher war, dass er es kannte. Und dann, ganz plötzlich, wusste er es. Er hatte ein Bauwerk wie dieses schon einmal gesehen. Diese Kuppel war ganz zweifellos von den gleichen Wesen (es war ihm selbst in Gedanken nicht möglich, sie als *Menschen* zu bezeichnen) errichtet worden wie die Gebäude auf der Vergessenen Insel, auf der sie die NAUTILUS gefunden hatten.

Aber es gab einen gewaltigen Unterschied. Die Gebäude, auf die sie im Inneren des erloschenen Vulkans gestoßen waren, waren *Ruinen* gewesen, zum Großteil zerstört und ihrer gesamten technischen Einrichtung beraubt. Hier war nichts zerstört und die fremdartigen Maschinen versahen ihren Dienst zuverlässig wie am ersten Tag – und das, obwohl dieser Kuppelbau tausende von Jahren alt sein musste!

Hilflos sah er sich nach Singh und Trautman um. Die beiden waren ihm gefolgt und sahen ebenso verwirrt drein wie er selbst.

Mike machte eine Geste. »Was ... ist das hier?«

»Ich weiß es nicht«, antwortete Trautman leise. »Ich meine, es ist ein Teil des versunkenen Kontinents, daran besteht kein Zweifel. Aber was es ist ...« Er hob die Schultern. »Ich habe keine Ahnung. Auch ich habe so etwas noch nie gesehen. Mein Gott – es muss tausende und abertausende von Jahren alt sein. Und es funktioniert noch immer!«

Mike trat an eine der Maschinen heran und betrachtete das Schaltpult genauer. Er hatte nicht die geringste Ahnung, worum es sich dabei handelte, doch die Apparaturen kamen ihm irgendwie bekannt vor wie alles hier, und auf einmal begriff er es. Sie ähnelten denen der NAUTILUS. Wenn es noch eines Beweises bedurft hätte, woher das fantastische Tauchboot wirklich stammte, so hatte er ihn jetzt vor Augen.

»Rühr nichts an«, sagte Trautman. »Das alles hier scheint noch immer zu funktionieren – aber ich habe keine Ahnung, *was* dann passiert.«

»Es muss Jahrtausende alt sein«, murmelte Mike kopfschüttelnd. »Was für ein Volk muss es gewesen sein, das solche Apparate bauen konnte?«

»Ich frage mich, welche Gewalt ein solches Volk einfach ausgelöscht haben kann«, sagte Trautman leise.

Mike erschrak. »Sie meinen –«

»Ich meine gar nichts«, unterbrach ihn Trautman scharf. »Bis jetzt war Atlantis auch für mich nur eine Legende, weißt du? Trotz der NAUTILUS und der Vergessenen Insel. Aber das hier ... Wenn dieses Volk in der Lage war, Maschinen zu bauen, die nach Jahrtausenden noch funktionieren, was um alles in der Welt mag es dann vernichtet haben?«

Die Worte erfüllten Mike mit einem Schrecken, den er sich selbst nicht erklären konnte.

»Wir können nicht lange bleiben«, sagte Trautman. »Die anderen werden sich schon Sorgen machen.«

Mike verstand. Sie alle wussten, dass der Sauerstoffvorrat in den Anzügen nur für eine knappe Stunde ausreichte. Zwar waren sie hier drinnen nicht darauf angewiesen, aber die auf dem Tauchboot Verbliebenen hatten ja davon keine Ahnung, sondern glaubten sie noch draußen vor der NAUTILUS.

»Aber wenn Winterfeld in der Zwischenzeit diese Kuppel findet ...«, begann Mike.

»Ich habe nicht gesagt, dass wir so tun sollen, als wäre nichts passiert«, verbesserte ihn Trautman gereizt. In etwas gemäßigterem Ton fuhr er fort: »Wir gehen zurück und erzählen den anderen, was wir entdeckt haben. Später können wir wiederkommen und überlegen, was ... was wir tun.«

Mike sah ihn betroffen an. Er wusste, was das unmerkliche Stocken in Trautmans Worten zu bedeuten hatte. Mit der Taucherglocke war Winterfeld durchaus in der Lage, diese Kuppel zu erreichen – und sie durften auf gar keinen Fall zulassen, dass dies geschah. Was Trautmann meinte, war schlichtweg dies: Wenn es ihnen nicht gelang, Winterfeld aufzuhalten, würden sie diese Kuppel eher zerstören, bevor sie zuließen, dass sie Winterfeld in die Hände fiele.

»Vielleicht reicht es, wenn wir irgendwie das Fenster verschließen«, sagte er. »Ohne das Licht findet er die Kuppel nie.«

Trautman antwortete nicht. Er nahm den Helm, den er bisher wie sie alle unter den Arm geklemmt getragen hatte, wieder in beide Hände.

»Gehen wir zurück«, sagte er. »Wir beraten in Ruhe, wenn wir wieder an Bord der NAUTILUS sind.«

Mike drehte sich gehorsam herum – aber gerade, als er seinen Helm wieder aufsetzen wollte, glaubte er aus den Augenwinkeln eine Bewegung zu gewahren. Erschrocken fuhr er herum und starrte in die entsprechende Richtung. Er sah nichts – aber er war fast sicher, einen kleinen, dunklen Schatten bemerkt zu haben, der davonhuschte, ehe er wirklich erkennen konnte, worum es sich handelte.

»Was hast du?«, fragte Trautman.

»Ich ... bin nicht sicher«, murmelte Mike. »Ich dachte, ich ... hätte etwas gesehen. Eine Bewegung.«

Trautman blickte ihn kurz an, drehte sich dann ebenfalls herum und sah konzentriert in die Richtung, in die Mikes ausgestreckter Arm wies. Ohne dass es eines weiteren Wortes bedurft hätte, setzten sie sich gemeinsam in Bewegung.

Erst als sie die Halle zur Hälfte durchquert hatten, sahen sie, dass es an der anderen Seite eine Anzahl niedriger, halbrunder Türen gab, die tiefer in das uralte Gebäude hineinführten. Wieder war es, als hätten sie sich ohne Worte verständigt, denn sie teilten sich ganz selbstverständlich auf, um die dahinter liegenden Räume zu untersuchen.

Mike trat mit klopfendem Herzen durch die Tür auf der rechten Seite. Der Raum, in den er gelangte, war im ersten Moment eine Enttäuschung. Die Kammer war fast vollkommen leer – bis auf einen länglichen, völlig aus Glas bestehenden Behälter, der auf einem schwarzen Podest ruhte. Kein Schatten. Keine Gespenster und keine Ungeheuer mit Krakenarmen, die seit fünftausend Jahren darauf warteten, dass ihr Frühstück zur Tür hereinspaziert kam.

Mutiger geworden, trat Mike vollends in den Raum hinein und warf einen Blick auf den Glasbehälter.

Mike schluckte. Eine Sekunde lang stand er einfach da, vollkommen starr vor Überraschung und Unglauben, dann fragte er sich, ob er das wirklich sah, oder nicht vielmehr noch immer bewusstlos im Salon der NAUTILUS lag und einen Albtraum hatte. Hätte er nicht die dicken Handschuhe getragen, dann hätte er sich wahrscheinlich gekniffen, um sich zu überzeugen, dass er sich auch wirklich in wachem Zustand befand.

Aber was er sah, war wahr: In dem Kasten lag regungslos –

ein Mädchen.

Mike blinzelte.

Das Bild blieb. Vor ihm befand sich ein fast zwei Meter langer, gläserner Sarg auf einem schwarzen Basaltblock, in dem eine schlanke, blondhaarige Mädchengestalt lag.

Langsam, mit klopfendem Herzen und weichen Knien ging Mike weiter und blieb einen Schritt vor dem Sarg stehen. Er sah noch immer ein bewegungslos daliegendes Mädchen von dreizehn oder vierzehn Jahren, in einem schlichten, weißen Gewand, mit gelocktem, blondem Haar und einem bleichen Gesicht. Und offensichtlich war sie tot. Sie atmete nicht. Was hatte er erwartet? Wahrscheinlich war seit hunderten, vermutlich sogar tausenden von Jahren niemand mehr in dieser Kuppel gewesen. Sein erster Eindruck hatte ihn nicht getrogen: Der gläserne Kasten war ein Sarg, in dem –

Mike begriff erst mit einiger Verspätung, *wen* er da überhaupt vor sich hatte, und diese Einsicht traf ihn mit voller Wucht.

Wenn diese Kuppel von den Bewohnern des untergegangenen Reiches gebaut worden war, dann stand er einem *Mädchen aus Atlantis* gegenüber, das hier zur letzten Ruhe gebettet worden war!

Der Gedanke erfüllte Mike mit einer tiefen Trauer. Er trat dichter an den Sarg heran und betrachtete das Gesicht des

Mädchens genauer. Ja, sie war eine Schönheit gewesen, als sie noch gelebt hatte. Ihr Gesicht schien aus feinstem weißem Porzellan modelliert zu sein und das Haar, das ihren Kopf und die Schultern wie ein goldener Schleier umgab, musste ihr etwas Engelsgleiches verliehen haben. Ihre Züge waren fremdartig, aber trotzdem weich und edel.

Plötzlich hatte Mike das sichere Gefühl, dass er nicht mehr allein war, und wandte sich um. Aber es waren nicht Trautman oder der Sikh, die unbemerkt hinter ihm die Kammer betreten hatten ...

Mike wich mit einem hellen Schrei zurück, hob entsetzt die Arme vor das Gesicht – und war die nächsten Sekunden vollauf damit beschäftigt, sich unbeschreiblich blöd vorzukommen.

Hinter ihm stand kein Ungeheuer. Kein Monster, das gekommen war, um seine tote Herrin zu beschützen und den Eindringling anzugreifen. Nein, was Mike schier zu Tode erschreckt hatte, war nichts anderes als eine ganz normale, langhaarige schwarze Katze.

Mike lachte befreit, nannte sich in Gedanken einen Narren und ließ sich automatisch in die Hocke sinken und streckte die Hand aus, um die Katze zu streicheln, die –

Katze?

Hier?

Zweihundert Meter unter dem Meeresspiegel? In einer hermetisch verschlossenen Kuppel, die mindestens fünftausend Jahre alt war??!

Mikes Unterkiefer klappte vor Verblüffung herab. Er starrte das Tier an, das nur noch ein Auge hatte und sehr zutraulich war, denn als Mike keine Anstalten machte, seine Bewegung zu Ende zu führen, kam es herangetrippelt, stellte grüßend den Schwanz auf und rieb sich schnurrend an seiner Handfläche.

Mike zog fast erschrocken die Hand zurück. Wo um alles in der Welt kam diese Katze her? Sein Herz klopfte. Irgendetwas stimmte hier nicht. Die Katze legte den Kopf schräg, musterte ihn aus ihrem einzigen, bernsteingelben Auge und miaute laut, als hätte sie seine Gedanken gelesen, und versuchte ihn zu beruhigen. Mike seinerseits betrachtete sie genauer – aber es blieb dabei: Was er sah, war eine schwarze Angorakatze, nicht mehr und nicht weniger. Sie war erstaunlich groß und ein einziger Blick auf ihre Zähne und ihre Krallen überzeugte Mike davon, dass er sich vielleicht besser nicht mir ihr anlegte, aber es blieb trotzdem eine Katze. Punktum.

Eine Katze, die sich noch dazu äußerst einsam zu fühlen schien, denn als Mike sich beharrlich weigerte, sie zu streicheln, sprang sie mit einem Satz auf seine Knie, stellte sich auf die Hinterbeine und versetzte ihm mit dem Kopf einen Stoß unter das Kinn, der Mike beinahe aus dem Gleichgewicht gebracht hätte.

Mike fand leise lachend seine Balance wieder und strich dem Tier mit der linken Hand über den Kopf. Die Katze schnurrte lauter. Mike nahm sie behutsam auf beide Arme, stand auf und drehte sich wieder zu dem Sarg herum.

Mike musterte nun die Konstruktion genauer. Der Sarg bestand gänzlich aus Glas, aber an seiner Oberseite ragte eine schmale Metallzunge heraus, in der sich eine Anzahl winziger, mattgrüner Lichter und zwei Schalter mit fremdartiger Beschriftung befanden. Es gab einige drehbare Verschlüsse, mit denen der Deckel befestigt war. Er zögerte einen Moment, dann griff er danach. Die Handschuhe behinderten ihn, sodass er die Katze behutsam auf der Oberseite des Glassarges absetzte und die Handschuhe dann einfach auszog, ehe er sich wieder an dem Verschluss zu schaffen machte. Die Katze miaute laut und warnend, doch er beachtete es nicht. Mit einem Klicken schnappte der erste Verschluss zurück.

Nur einen Sekundenbruchteil später schrie Mike vor Schmerz auf, riss den Arm zurück und schlenkerte ihn wild hin und her – um die Katze abzuschütteln, die plötzlich gar nicht mehr einsam und verschmust war, sondern sich mit rasender Wut in seine Hand verbissen hatte. Die Katze flog davon, suchte vergeblich mit den Krallen auf der spiegelglatten Oberfläche des Sarges nach Halt und landete unsanft auf dem Boden.

Mike presste die Hand einen Moment unter die Achsel und hob sie dann stöhnend vor das Gesicht. Der Biss sah nicht sehr dramatisch aus, aber er tat höllisch weh. Die Zähne hatten sich tief in seine Haut gebohrt. Einige Blutstropfen quollen aus den kleinen Wunden. Zornig sah er die Katze an, die mittlerweile wieder auf den Glassarg hinaufgesprungen war und ihn mit gebleckten Zähnen anfauchte. Ihr buschiger Schwanz peitschte wild hin und her und die Krallen waren drohend ausgefahren. Ihre Ohren lagen flach am Kopf. Hastige Schritte näherten sich. »Was ist los?«, keuchte Singhs Stimme hinter ihm. »Ist Euch etwas geschehen? Seid Ihr in Gefahr, Herr?« Mike drehte sich herum, Singh und Trautman kamen hintereinander durch die Tür, aufgescheucht durch seinen Schrei. Singh war mit einem Satz neben ihm, hob die Hände und sah sich kampflustig nach dem unbekannten Feind um, der seinen Herrn bedrohte, während Trautman wie vom Donner gerührt stehen blieb und den Glassarg und die schwarze Katze anstarrte.

»Was ist geschehen?«, fragte Singh noch einmal. Dann bemerkte er Mikes blutende Hand und fuhr erschrocken zusammen. »Ihr seid verletzt, Herr!«

Er wollte nach Mikes Hand greifen, aber Mike zog den Arm hastig zurück und verbarg die Hand wieder unter der Achselhöhle. Er war verletzt – aber wenn er ehrlich war, dann hauptsächlich in seinem Stolz. »Schon gut«, sagte er. »Ein Kratzer. Nicht mehr.«

Wie nicht anders zu erwarten gewesen war, war Singh in diesem Punkt entschieden anderer Meinung. Aber er kam nicht dazu, eine entsprechende Bemerkung zu machen, denn Trautman berührte ihn am Arm und deutete auf den gläsernen Sarg, und der Anblick schlug selbst den normalerweise durch nichts zu beeindruckenden Sikh in seinen Bann.

»Unglaublich!«, flüsterte Trautman.

»Ich habe es entdeckt«, sagte Mike. »Das Mädchen muss schon seit einer Ewigkeit hier liegen. Passen Sie auf!«, fügte er erschrocken hinzu, als Trautman einen Schritt auf den Sarg zu tat. »Dieses Mistvieh wird rabiat, wenn man ihm zu nahe kommt.«

Die Katze miaute zur Antwort, hörte auf mit dem Schwanz zu wedeln, zog die Krallen ein und begann zu schnurren. Trautman bewegte sich vorsichtig weiter. Unschuldig blickte ihn das Tier an, leckte eine seiner Pfoten und schnurrte dabei, als könnte es kein Wässerchen trüben.

»Ja, das ist ein richtiges Ungeheuer«, sagte Trautman belustigt. Er trat an den Glassarg heran, nahm die Katze mit beiden Händen hoch und betrachtete sie eingehend, ehe er sie behutsam wieder absetzte. »Es ist übrigens ein Kater. Das erklärt alles. Sei froh, dass er dir nicht den Arm abgerissen hat.«

Mike blieb weder das Glitzern in Trautmans Augen noch der spöttische Klang seiner Stimme verborgen, aber er zog es vor, nicht darauf zu reagieren. Für heute hatte er sich eigentlich genug blamiert.

Feindselig musterte er den Kater und trat an Trautmans Seite, hütete sich aber, dem Sarg zu nahe zu kommen.

»Es sieht fast so aus, als ob er sie bewache«, sagte Singh leise.

Mike blickte auf seine Hand herab: »Hm.«

»Wer mag sie gewesen sein?«, murmelte Trautman. »Das ... das war ein Kind.« Er sah kurz zu Mike. »Keinesfalls älter als du. Wahrscheinlich sogar jünger. Das ist unglaublich.«

»Vielleicht ist das Ganze hier nichts anderes als ein riesiges Grabmal«, sagte Mike.

»Möglich.« Trautman überlegte. »Die Pyramiden haben auch keine andere Aufgabe, als Tote zu bewahren.«

»Wenn sie tot ist«, hörte Mike sich zu seiner eigenen Überraschung sagen.

Trautman schüttelte heftig den Kopf. »Deine Fantasie geht mit dir durch, junger Mann«, sagte er. »Sie atmet nicht, ist dir das schon aufgefallen? Möglicherweise ist sie die einzige Überlebende von Atlantis.« Er zuckte die Schultern. »Auf jeden Fall ist sie tot. Wir können uns später noch den Kopf darüber zerbrechen, wer sie war und wie sie hierher gekommen ist. Jetzt sollten wir zum Schiff zurückkehren.« Er deutete zum Ausgang. »Ich habe zur Abwechslung eine gute Nachricht. Singh hat einen Lagerraum voller Pressluftflaschen entdeckt. Das erspart uns eine Menge Arbeit.«

»Wieso?«

»Weil wir so das eingedrungene Wasser nicht mühsam aus der NAUTILUS herauspumpen müssen«, antwortete Trautman. »Singh und ich werden den Riss schweißen. Wenn es uns gelingt, die Flaschen anzuschließen, können wir das Wasser einfach aus dem Schiff herausblasen. Also los – gehen wir, ehe die anderen anfangen sich Sorgen zu machen.«

Mike drehte sich widerwillig herum, um den Raum zu verlassen. Niemals hätte er es laut zugegeben – aber es fiel ihm sonderbar schwer, das Mädchen zurückzulassen. Er kam sich vor, als ließe er sie im Stich.

Der Kater miaute kläglich. Mike bedachte ihn mit einem letzten, finsteren Blick und wandte sich endgültig zum Gehen, blieb dann aber unter der Tür noch einmal stehen. Der Kater folgte ihnen nicht, sondern blieb auf dem gläsernen Sarg sitzen; fast als hätte Trautman mit seiner scherzhaften Bemerkung Recht gehabt und er bewache das tote Mädchen tatsächlich. Aber er sah ihnen so Mitleid erregend nach, dass Mike ihm nicht mehr böse sein konnte.

»Wir kommen zurück«, versprach er. »Und dann werden wir eine Möglichkeit finden, dich mitzunehmen.« Die Antwort war ein lang gezogener, schier herzzerreißender Laut – und etwas, was Mike mehr irritierte als alles, was sie bisher gesehen und erlebt hatten. Während sie die Kuppel verließen und zur NAUTILUS zurückgingen, zerbrach er sich die ganze Zeit den Kopf über die Frage, ob er den Kater tatsächlich hatte *lächeln* sehen.

Natürlich war das unmöglich. Schließlich können Katzen nicht lächeln, ebenso wenig wie Hunde oder andere Tiere. Er musste sich getäuscht haben.

Aber ganz sicher war er nicht.

Trautman hatte Recht gehabt – die anderen waren in Sorge, als sie zurückkamen. Sie waren weit länger als eine Stunde draußen gewesen, viel länger, als ihr mitgenommener Sauerstoffvorrat eigentlich reichte.

Die Erleichterung, Trautman, ihn und den Inder lebend und unversehrt wieder zu sehen, wich rasch ungläubigem Staunen, als sie von ihrer Entdeckung berichteten – und dann dem Wunsch, sofort zur Kuppel zu gehen.

Aber Trautman winkte ab. Er erklärte, dass oben über dem Meer mittlerweile längst die Sonne untergegangen sein musste und es auch für sie an der Zeit wäre, sich schlafen zu legen. Am nächsten Morgen würden sie ihre erste richtige Expedition zur Unterwasserkuppel vorbereiten – und vor allem überlegen, wie sie die schweren Pressluftflaschen in ausreichender Menge zur NAUTILUS herüberschaffen konnten.

Alle waren enttäuscht, Mike eingeschlossen. Aber er sah auch ein, dass es so besser war. Der nächste Tag würde anstrengend werden. Sie würden jedes bisschen Kraft brauchen. Sie hatten jetzt schon eine der großen Stahlflaschen mitgebracht, und obwohl ihnen das Wasser geholfen hatte, mit dem enormen Gewicht fertig zu werden, hatte es ihre Kräfte fast überstiegen. Selbst allen drei zusammen war es kaum gelungen, die Stahlflasche durch die Tauchkammer und dann die schmale Treppe zu den oberen Lagerräumen hinaufzuschaffen.

Nach und nach zogen sich alle in ihre Kabinen zurück. Auch Mike wollte das tun, überlegte es sich aber dann und ging noch einmal in den oberen Teil des Schiffes, wo Singh und Trautman mit der Pressluftflasche hantierten.

»Klappt es?«, fragte Mike, während er hinter den beiden stehen blieb, die über die Stahlflasche gebeugt dahockten.

Trautman sah nicht besonders begeistert drein. »Ich bin nicht sicher«, antwortete er. Er deutete mit einer Kopfbewegung auf das stählerne Schott, vor dem sie knieten. Die gepanzerte Tür hatte sich bei dem Wassereinbruch automatisch geschlossen. Sie gehörte zu einem ausgeklügelten System, das im Falle eines Lecks verhindern sollte, dass die NAUTILUS ganz mit Wasser voll lief, und das – wie er ja mit eigenen Augen sah – auch zuverlässig funktionierte. Wogegen keine Automatik der Welt etwas hätte tun können, waren die fünfzig- oder auch hunderttausend Liter Wasser, die in den Raum hinter der geschlossenen Tür eingedrungen waren und das Schiff wie ein Betongewicht am Meeresgrund festnagelten.

Trautman wies auf einen runden, kompliziert aussehenden Verschluss neben der Tür. »Die Anschlüsse passen nicht«, sagte er. »Ich hatte gehofft, die Pressluftflaschen einfach anschließen zu können, um das Wasser kurzerhand aus dem Schiff zu pusten, aber die Ventile passen nicht genau aufeinander.«

»Also doch pumpen?«, fragte Mike.

Trautman hob die Schultern. »Das kann Tage dauern«, sagte er. »Hast du eine Vorstellung, wie viel Arbeit es bedeutet, etliche zehntausend Liter Wasser aus dem Schiff zu pumpen?«

»Wenn wir alle mithelfen –«

»Darum geht es nicht«, unterbrach ihn Trautman. »Ich bin nicht sicher, dass uns genug Zeit bleibt.« Er deutete zur Decke hinauf. »Vergiss nicht auf Winterfeld. Früher oder später werden sie hier herunterkommen. Und wenn sie uns entdecken ...« Er seufzte. »Im Moment ist die NAUTILUS eher hilflos, fürchte ich.«

Mikes Hand schmerzte. Er sah auf sie herab und stellte fest, dass die beiden winzigen Bisswunden mittlerweile angeschwollen waren und sich dunkelrot zu verfärben begannen. Geistesabwesend strich er mit den Fingern der anderen Hand darüber und sagte: »Das sieht nicht gut aus, wie?«

»Nein. Aber noch bin ich mit meinem Latein nicht ganz am Ende. Morgen früh schweißen Singh und ich erst einmal den Riss im Rumpf. Wenn wir das Boot abgedichtet haben, sehen wir weiter. Vielleicht kann ich irgendetwas zusammenbasteln, damit die Ventile doch noch passen.« Er deutete mit einer Kopfbewegung auf Mikes Hand. »Tut es sehr weh?«

»Nein«, log Mike – obwohl seine Hand mittlerweile klopfte und pochte, dass es ihm fast die Tränen in die Augen trieb. Trautmans Blick ließ erkennen, was er von Mikes Antwort hielt, aber er sagte nur: »Geh jetzt schlafen. Morgen wird es ein anstrengender Tag«, und wandte sich dann wieder der Pressluftflasche zu.

Mike sah Singh und ihm noch einige Augenblicke lang zu, dann ging er zu seiner Kabine im untersten Deck der NAUTILUS zurück. Trotz aller Aufregung schlief er sofort ein.

Und träumte. Ganz anders als in einem normalen Schlaf war er sich in jeder Sekunde des Umstandes bewusst, zu träumen, und trotzdem war es ein Traum von beinahe unheimlicher Realität. Er befand sich nicht mehr in seiner Kabine auf der NAUTILUS, sondern inmitten eines gewaltigen, wogenden grünen Dschungels, wie er ihn noch nie zuvor zu Gesicht bekommen hatte, weder in Wirklichkeit noch auf einem Bild oder als Beschreibung in einem Buch. Bäume von schier unvorstellbarer Größe standen so dicht um ihn herum, dass sie eine undurchdringliche Barriere zu bilden schienen; wo es überhaupt noch ein Durchkommen gab, da wucherten dichtes Gestrüpp, dornige Büsche oder fremdartig aussehende Blumen. Die Bäume hatten eine seltsam geschuppte Rinde, und als er im Traum den Kopf hob und in den Himmel sah, erkannte er, dass es gar keine richtigen Bäume waren, vielmehr eine Art gigantischer Farngewächse, wie es sie vor Millionen von Jahren auf der Erde gegeben hatte. Ihre riesigen Blätter vereinigten sich hoch über ihm zu einem Dach, das so dicht war, dass es das Sonnenlicht nicht ganz durchließ; auf dem Grund dieses Waldes herrschte ein dunkelgrünes, feuchtes Zwielicht, in dem es niemals wirklich hell wurde.

Und nicht nur die Umgebung, in der er sich in diesem

sonderbaren Nicht-Traum wieder fand, war anders als seine normale Welt – auch er war nicht mehr er selbst. Mike hatte keinerlei Kontrolle über seinen Traum-Körper, sodass es ihm nicht möglich war, an sich herabzublicken und sich selbst in Augenschein zu nehmen, aber das musste er auch nicht, um zu begreifen, dass er sich nicht mehr in seinem Körper, ja, vermutlich nicht einmal mehr in dem eines Menschen befand. Alle Bewegungen waren auf unheimliche, mit menschlichen Worten einfach nicht zu beschreibende Weise neu und fremdartig, er sah, hörte, roch und schmeckte ungleich schärfer und deutlicher als zuvor, und anstelle von Logik und Vernunft empfand er eine verwirrende Vielfalt anderer Gefühle, die er auch als Mensch dann und wann kennen gelernt hatte, aber niemals auch nur annähernd in dieser Heftigkeit: Hunger, Jagdfieber, Furcht, Misstrauen – alles Instinkte eines Raubtieres, und dazu andere, völlig fremde Gefühle, für die er einfach keine Worte fand, weil sie ihm in seinem bisherigen Leben als Mensch vollkommen unbekannt gewesen waren.

Mike war nicht in der Lage, die Bewegungen oder Taten seines »Gastkörpers« irgendwie zu beeinflussen, sodass ihm nichts anderes übrig blieb, als sich in die Rolle des passiven Beobachters zu fügen. Immerhin begriff er, dass das Geschöpf, dem er in diesem Traum als Wirt diente, ein Vierbeiner war, und dazu offensichtlich ein Räuber, denn ein paar Mal kam eine schwarze, krallenbewehrte Pfote in seinen Gesichtskreis und zwei- oder dreimal stoben kleinere Tiere in Panik vor ihm davon. Er verfolgte sie, und obwohl er sie nicht einholte und jedes Mal leer ausging, war es ein ungemein aufregendes Gefühl, das

Mike bald so in seinen Bann zog, dass er schließlich beinahe vergaß, nur zu träumen. Ganz plötzlich war er es, der hinter einem kleinen, an ein Eichhörnchen mit kahlem Schwanz erinnerndes Wesen herjagte, nicht mehr sein erträumter Wirt, und er spürte das Jagdfieber und den bohrenden Hunger so heftig, als wären es tatsächlich seine Gefühle, nicht die eines erträumten Geschöpfes in einer erträumten Welt. Seine Beute drohte zu entkommen und rannte mit ungemein behänden Sprüngen an einem Baumstamm empor, aber Mike folgte ihr mit ebensolcher Leichtigkeit. Er spürte, wie sich seine Krallen in die Rinde des Farnbaumes gruben, während sein schlanker, muskulöser Körper sich zum entscheidenden Sprung spannte, und –

Jemand schlug ihm so heftig ins Gesicht, dass Mike schreiend hochfuhr und schützend die Arme vor das Gesicht riss. Im allerersten Moment sah er nur Licht und Schatten, die einen sinnverwirrenden Tanz um ihn aufführten. Er glaubte zu stürzen. Wenn er den Halt am Baumstamm verlor und fiel, würde er –

Welcher Baumstamm?

Mike wachte gewissermaßen zum zweiten Mal auf, als ihm klar wurde, dass er nicht mehr in der erträumten Welt des Farndschungels war, sondern keuchend und am ganzen Leib nass vor Schweiß aufrecht in seinem Bett saß. Und vor ihm befand sich auch kein kleines, struppiges Eichhörnchen, sondern Singh, der ihn voller Sorge ansah und schon mit etwas mehr als sanfter Gewalt seine Handgelenke festhielt.

»Ist alles in Ordnung mit Euch, Herr?«, fragte er.

Mike nickte und nahm die Arme herunter, als Singh endlich

seine Handgelenke losließ. Erst dann spürte er das Brennen auf seinem Gesicht. Ein um Verzeihung heischender Ausdruck erschien in Singhs Augen, als Mike die rechte Hand auf seine Wange legte.

»Du hast mich schon wieder geschlagen«, sagte Mike vorwurfsvoll.

»Ich wusste mir keinen anderen Rat«, antwortete Singh mit einer Stimme, der jegliches Bedauern fehlte. »Ihr habt geschrien und um Euch geschlagen. Hattet Ihr einen schlechten Traum?«

»Ich ... glaube ja«, sagte Mike zögernd. Ein kurzes, eisiges Frösteln lief über seinen Rücken. Im Traum war er als gewaltiges Raubtier durch einen Dschungel gestreift, der ihm völlig normal vorgekommen war, während er ihm aus der Erinnerung heraus jetzt ebenso bizarr und unwirklich erschien. Es gelang Mike nur mit Mühe, sich noch an einige Details zu erinnern, obwohl der Traum so real gewesen war. Aber wie es oft mit Träumen ist, die Bilder verblassten rasch, nachdem er einmal erwacht war.

Singh sah ihn weiter mit großer Besorgnis an. »Was ist los mit Euch?«, erkundigte er sich besorgt. »Ihr seht schrecklich aus – mit Verlaub gesagt.« Er streckte den Arm aus und legte ihm die Handfläche auf die Stirn. »Kein Wunder. Ihr habt hohes Fieber. Eure Stirn glüht ja fast.«

»Das ist nichts«, antwortete Mike.

»Ich werde Chinin aus der Bordapotheke holen«, sagte Singh, aber Mike hielt ihn mit einer fast erschrockenen Handbewegung zurück. Er brauchte keine Medikamente. Es war seltsam – er wusste nicht, was ihm fehlte, aber er wusste mit absoluter Gewissheit, dass *Medikamente* dagegen nicht helfen würden.

»Ich habe mich wahrscheinlich überanstrengt«, sagte er. »Es war alles etwas viel.«

Singh ließ sich nicht anmerken, was er von seiner Antwort hielt. Allerdings tat er auch jetzt wieder, was Mike mittlerweile schon von ihm gewöhnt war; wenn Singh glaubte, sein Herr und Schützling wäre in Gefahr oder hätte sich zu viel zugemutet, dann ignorierte er Mikes Befehle kurzerhand. Obwohl Singh darauf bestand, ihn mit *Herr* anzureden und ihn zu behandeln, als wäre er Mikes Sklave und Leibeigener, nicht der Mann, der ihm schon ein paar Mal das Leben gerettet hatte und ohne den sie alle nicht hier wären, besaß er auch ein unübertroffenes Talent darin, Mikes Wünsche gegebenenfalls einfach nicht zur Kenntnis zu nehmen. »Ich werde etwas holen, was das Fieber senkt«, erklärte er. Noch bevor Mike etwas sagen konnte, verließ er die Kabine.

Mikes Blick fiel auf seine rechte Hand. Die Bisswunde, die ihm der Kater zugefügt hatte, hatte sich weiter gerötet und war noch mehr angeschwollen. Das Blut pochte in seiner Hand. Der Biss hatte sich entzündet. Und wahrscheinlich war das auch der Grund für sein Fieber und den daraus resultierenden Albtraum.

Wenn es ein Albtraum gewesen war.

Mike fühlte sich immer verwirrter. Er konnte sich jetzt kaum noch an Einzelheiten entsinnen, aber je mehr sich seine Erinnerungen verwischten, desto unheimlicher kam ihm sein Traum vor. Er hatte niemals etwas erlebt, was auch nur annähernd so sonderbar gewesen war.

Allerdings hatte er auch niemals zuvor eine jahrtausendealte

Kuppel auf dem Meeresgrund gefunden, in der ein totes Mädchen lag, das von einem schwarzen Angorakater bewacht wurde ...

Wahrscheinlich war das die Erklärung. Zusammen mit dem Fieber, das die Entzündung in seiner Hand ausgelöst hatte, mussten die Ereignisse des zurückliegenden Tages seine Fantasie ja dazu anregen, Purzelbäume zu schlagen.

Singh kehrte zurück. Er hielt ein Glas in der rechten Hand und gab Mike gar nicht erst die Chance, sich zu widersetzen, sondern flößte ihm fast gewaltsam ein paar Schlucke eines bitteren Trunks ein. Mike schluckte die Brühe tapfer hinunter, konnte aber nicht verhindern, dass sich seine Lippen angeekelt verzogen, als Singh das Glas endlich zurücknahm.

»Es wird Euch helfen«, sagte Singh. Er lächelte flüchtig. »Ihr wisst ja – alles, was wirklich schlecht schmeckt, ist auch gesund.« Behutsam stellte er das Glas auf den Boden, drückte Mike mit sanfter Gewalt auf das Bett zurück und deckte ihn zu, als wäre er ein kleines Kind.

»Schlaft jetzt, Herr«, sagte er. »Ich werde Trautman und den anderen sagen, dass sie Euch nicht wecken sollen.«

»Das kommt überhaupt nicht in Frage«, protestierte Mike. »Ich werde –«

»– niemandem eine Hilfe sein, wenn Ihr Euch überanstrengt und zusammenbrecht«, fiel ihm Singh ins Wort. »Vielleicht sogar draußen im Meer oder in der Kuppel. Schlaft Euch gründlich aus und vielleicht ist das Fieber dann schon von selbst verschwunden.«

Mike wollte ihm seine entzündete Hand zeigen, doch irgendetwas in ihm sträubte sich. Im Gegenteil: Fast gegen seinen Willen hielt er die Hand sorgsam unter der Bettdecke versteckt. Er wusste nicht, warum, aber etwas sagte ihm, dass es besser war, wenn Singh die Wunde nicht zu Gesicht bekam.

»Soll ich hier bleiben?«, erkundigte sich Singh.

Mike schüttelte den Kopf. Plötzlich war er wieder müde; furchtbar müde. Er fragte sich, was wohl in dem Glas gewesen war, dessen Inhalt Singh ihm eingeflößt hatte, aber selbst dieser Gedanke entglitt ihm sofort wieder. Er wollte nur noch schlafen.

»Das ... ist nicht nötig«, murmelte er. Und nur wenige Augenblicke später war er bereits wieder eingeschlafen. Dieses Mal träumte er nicht.

Singh machte seine Drohung wahr und weckte ihn nicht. Und obwohl Mikes erster Gedanke nach dem Aufwachen Verärgerung darüber war, empfand er auch zugleich tiefe Dankbarkeit, denn er fühlte sich tatsächlich ausgeruht und wohl wie schon lange nicht mehr. Entweder der Schlaf oder Singhs Mittel hatte das Fieber besiegt. Seine Hand tat noch immer ein wenig weh, doch als er sie betrachtete, stellte er fest, dass die Schwellung deutlich zurückgegangen war.

Er musste tatsächlich sehr viel länger als die anderen geschlafen haben, denn als er seine Kabine verließ und in den Salon hinaufschlurfte, fand er Singh und seine Freunde zusammen an dem großen Tisch am Aussichtsfenster sitzen und essen. Sein erster Blick ging nach draußen, aber die schwache Hoffnung, dass sich auch die Katastrophe von gestern als Teil des Albtraumes der vergangenen Nacht erweisen mochte, erfüllte sich nicht. Vor dem Fenster herrschte noch immer absolute Dunkelheit. Mike vertrieb den Gedanken mit Mühe.

Der Raum war so behaglich mit Plüsch ausgestattet, dass man glatt hätte vergessen können, sich an Bord eines Unterseebootes zu befinden, wären nicht in seinem hinteren Drittel das große Steuerruder und die beiden Instrumentenpulte gewesen. Es gab Bücherregale, sogar eine Bar, eine Chaiselongue und mehrere bequeme Ledersessel gruppierten sich um einen Tisch.

In einem der Sessel saß Trautman. Sein ohnehin hageres Gesicht war eingefallen und unter seinen Augen lagen dunkle Schatten. Er sah erschöpft aus, als hätte er die ganze Nacht durchgearbeitet.

Die anderen empfingen Mike mit großem Hallo und einigen spöttischen Bemerkungen über seine Verspätung, und als Mike einen Blick Singhs auffing, wurde ihm klar, dass der Sikh nichts über die Ereignisse der vergangenen Nacht erzählt hatte. Er war ihm sehr dankbar dafür.

So ließ er den gutmütigen Spott der anderen über sich ergehen, nahm auf dem einzigen frei gebliebenen Stuhl Platz und begann mit großem Appetit zu essen. Er fühlte sich nicht nur ausgeruht und frisch, sondern auch so hungrig, als wäre er in der vergangenen Nacht tatsächlich stundenlang durch einen Urwald gerannt, statt fiebergeplagt in seinem Bett zu liegen.

Natürlich drängten alle darauf, sofort in die Taucheranzüge zu steigen und zur Kuppel hinüberzugehen, aber Trautman versetzte ihrem Unternehmungsgeist erneut einen ordentlichen Dämpfer. Zuallererst, so erklärte er, müssten Singh und er sich um den Riss in der NAUTILUS kümmern, während den anderen die Aufgabe zufiel, das Schiff nach weiteren, bis jetzt vielleicht verborgen gebliebenen Schäden zu untersuchen. Selbst wenn es ihnen gelang, die NAUTILUS wieder flottzumachen, war doch die Gefahr damit keineswegs vorüber. Zweihundert Meter über ihren Köpfen befand sich noch immer die LEOPOLD, die vermutlich mit geladenen Kanonen nur darauf wartete, dass sie auftauchten. Natürlich war die Enttäuschung groß, aber bis auf Ben, der schon aus Prinzip immer dagegen war – ganz egal, wogegen –, sahen schließlich alle ein, dass Trautman Recht hatte.

Während Trautman und der Inder wieder in ihre Taucheranzüge stiegen und das Schiff, schwer beladen mit Werkzeug und allen möglichen Materialien, die sie zur Reparatur der NAUTILUS benötigten, verließen, machten sich die Jungen daran, das Schiff vom Bug bis zum Heck zu untersuchen. Und es zeigte sich, dass Trautmans Befürchtungen nur zu begründet gewesen waren: Sie fanden Dutzende von Schäden, keiner groß oder wirklich gefährlich, die in ihrer Summe jedoch die Manövrierfähigkeit der NAUTILUS erheblich einschränkten. Einiges konnten sie sofort reparieren, einiges nicht, bei manchen Gerätschaften, die sie zerstört oder aus ihren Halterungen gerissen vorfanden, wussten sie nicht einmal, wozu sie dienten, sodass Trautman nicht einmal in den Pausen, in denen Singh und er immer wieder zurückkehren mussten, um den Sauerstoffvorrat ihrer Anzüge aufzufüllen, zur Ruhe kam, sondern ständig damit beschäftigt war, sich das eine oder andere anzusehen, Anweisungen zu erteilen oder auch selbst Hand anzulegen.

So verging fast der gesamte Tag. Erst am späten Nachmittag, als Singh und Trautman endgültig an Bord zurückkamen, brachten sie die erste gute Nachricht des Tages mit. Trautman erklärte, dass es ihnen gelungen sei, das Leck notdürftig abzudichten. Eine spätere, fachmännische Reparatur sei zwar unumgänglich, im Augenblick jedoch würde das Provisorium durchaus halten, sodass sie den zweiten Teil der Reparaturarbeiten in Angriff nehmen konnten: die Aufgabe, das eingedrungene Wasser aus dem Schiff zu entfernen.

Wie nicht anders zu erwarten, war dies für die Jungen natürlich ein Stichwort, erneut auf einen Ausflug zur Unterwasserkuppel zu drängen. Mike rechnete fest damit, dass Trautman ihnen dieses Ansinnen auch jetzt wieder abschlagen würde. Singh und er hatten den ganzen Tag schwer gearbeitet und sahen beide sehr müde aus. Aber erstaunlicherweise ging Trautman diesmal darauf ein.

»Also gut«, sagte er, »Mike und ich gehen noch einmal zur Kuppel und treffen alle Vorbereitungen. Ich habe eine Idee, wie wir die Pressluftflaschen herüberbringen können. Singh –« Er wandte sich mit einer müden Geste an den Inder. »– kann inzwischen weiter versuchen ein passendes Ventil zusammenzubasteln. Ich hoffe, es klappt. Wenn nicht, müssen wir mindestens zwei Tage lang pumpen.«

Seine Worte lösten ein allgemeines Protestgeschrei aus. Keiner der anderen sah ein, warum ausgerechnet Mike und nicht *er* an diesem zweiten Ausflug zur Kuppel teilnehmen sollte.

»Weil Mike schon einmal dort war und den Weg kennt«,

antwortete Trautman. »Außerdem ist es nicht ganz einfach, sich in den Unterwasseranzügen zu bewegen. Ich habe jetzt weder Zeit noch Lust, es euch zu zeigen. Der Weg ist gefährlich.«

»Ich kann damit umgehen«, murrte Ben. »Sie haben es mir selbst gezeigt.«

Trautmann seufzte, aber er widersprach nicht. Zum einen sagte Ben die Wahrheit: Trautman hatte ihm schon vor Wochen gezeigt, wie man sich in den Unterwasseranzügen fortbewegte. Und zum anderen war Ben von ihnen allen mit Abstand der Kräftigste. Sie würden Hilfe brauchen können, um mit den zentnerschweren Flaschen zurande zu kommen.

»Also gut«, sagte er schließlich entschieden und stand auf. »Aber nur du. Die anderen können Singh helfen.« Die anderen hörten nicht auf zu protestieren, aber Trautman ließ sich auf keine weitere Diskussion ein. Sie verließen den Salon und gingen nach unten, betraten jedoch nicht sofort die Tauchkammer, sondern zuerst den dahinter liegenden Geräteraum, dessen Wände so mit Regalen, Kisten und Schränken voll gestopft waren, dass man sich zu dritt kaum darin bewegen konnte. Trautman suchte eine ganze Weile leise vor sich hinmurrend in dem Durcheinander herum, das der Zusammenstoß mit der LEOPOLD auch hier hinterlassen hatte, und förderte schließlich eine gewaltige Kabelrolle zutage, die er ächzend in die Tauchkammer hinübertrug, ohne auf Mikes und Bens fragende Blicke zu reagieren. Als Nächstes brachte er ein grobmaschiges Netz und eine Anzahl großer, luftdichter Säcke in die Schleuse, sodass der verbleibende Platz für ihn und die beiden Jungen kaum noch auszureichen schien. Schließlich schleppte er noch einen Eimer schwarzer Teerfarbe und einen Pinsel herein und Mike platzte endlich mit seinen Fragen heraus.

Trautman deutete mit einer Kopfbewegung auf die Seilrolle, während er bereits begann in den Taucheranzug zu steigen. »Das wird unser Ariadnefaden«, sagte er. »Wir spannen ein Seil zwischen der NAUTILUS und der Kuppel. Wenn wir uns daran festhalten, können wir uns nicht verirren.«

»Wieso verirren?«, fragte Ben.

»Es ist hier so dunkel, dass es tödlich sein könnte, vom rechten Weg abzukommen«, antwortete Trautman.

Das sah Mike zwar ein, aber er erwiderte trotzdem: »Warum benutzen wir nicht einen Scheinwerfer?«

»Warum lassen wir nicht gleich eine Boje steigen und hängen einen Zettel für Winterfeld daran?«, gab Trautman gereizt zurück. »Wir müssen sehr vorsichtig sein. Ich verstehe ohnehin nicht, wieso sie noch nicht heruntergekommen sind. Wenn sie uns entdecken, sind wir verloren.«

»Vielleicht glaubt Winterfeld, dass die NAUTILUS gesunken ist«, vermutete Ben.

»Kaum«, antwortete Trautman. »Ich kenne Winterfeld zwar nicht persönlich, aber ich kann mir nicht vorstellen, dass er so leichtsinnig ist. Ich an seiner Stelle würde jedenfalls nicht eher ruhen, bis ich mich mit eigenen Augen davon überzeugt hätte, dass das Schiff *wirklich* zerstört ist.«

Er war damit fertig, den schweren Anzug anzulegen, und half nun Mike und Ben, in ihre Monturen zu steigen, bevor er die Handschuhe überstreifte und den Helm aufsetzte. Wenig später hatten sie die NAUTILUS durch die Schleuse im Boden verlassen und befanden sich wieder auf dem Weg zur Kuppel.

Sie brauchten sehr viel länger als das erste Mal. Trautman hatte ein Ende des Kabels an der NAUTILUS befestigt und rollte es Stück für Stück hinter sich ab, aber das Netz und die großen Säcke, die sich wie schlaffe Segel in der Strömung bewegten und sie immer wieder von den Füßen zu reißen drohten, behinderten sie zusätzlich. Und Mike brannte vor Ungeduld, das Mädchen und vor allem den Kater wieder zu sehen, dass ihm der Weg doppelt so lang vorkam.

Zuerst luden sie ihre Last außerhalb der Kuppel ab und Trautman beschwerte das Ende des Seiles mit einem Stein, damit es nicht von der Strömung erfasst und davongetragen wurde, ehe sie die Schleuse betraten. Die uralte Automatik arbeitete zuverlässig wie am gestrigen Tag, kaum dass sie die äußere Tür hinter sich geschlossen hatten, und wenige Augenblicke später traten sie nacheinander in die Maschinenhalle hinein und nahmen die Helme ab.

Ben riss Mund und Augen auf, als er all die Apparate und technischen Vorrichtungen erblickte. »Das ist ... nicht zu fassen«, flüsterte er.

»Staunen könnt ihr später«, sagte Trautman. »Wir haben viel zu tun.« Er deutete zur anderen Seite der Halle. »Die Flaschen befinden sich hinter der letzten Tür auf der linken Seite. Schafft sie hierher. Sobald ich fertig bin, komme ich nach.«

Er nahm den Eimer mit der schwarzen Teerfarbe auf, den er als Einziges mit hereingebracht hatte, und trollte sich – um genau das zu tun, was Mike gestern vorgeschlagen hatte: das

Fenster schwarz anzumalen, durch das der verräterische Lichtschein nach draußen fiel. Manchmal waren die einfachsten Lösungen eben noch immer die besten.

Auch Mike und Ben setzten sich in Bewegung – allerdings nicht, um zu tun, was Trautman ihnen gesagt hatte. Stattdessen steuerten sie die Kammer mit dem Mädchen an, denn selbstverständlich brannte Ben darauf, den gläsernen Sarg zu sehen.

Ein schwarzes, struppiges Etwas kam ihnen entgegen und begrüßte sie mit einem fröhlichen Miauen und Ben riss zum zweiten Mal die Augen auf, während sich Mike hinhockte, um den Kater zu begrüßen. Das Tier rieb schnurrend seinen Kopf an Mikes Hand, sodass auch noch der letzte Rest von Zorn in ihm dahinschmolz. Außerdem tat seine Hand sowieso kaum noch weh.

»So was!«, flüsterte Ben. »Das Vieh gibt's ja wirklich!« Der Kater stellte die Ohren auf und sah zu Ben hoch, als hätte er genau verstanden, dass die Rede von ihm war. »Was hast du denn erwartet?«, fragte Mike. »Dass wir alle drei gemeinsam Halluzinationen hatten?«

»Immerhin ist das hier nicht unbedingt ein Platz, an dem man eine Katze erwartet«, brummte Ben. Dann runzelte er die Stirn. »Ich frage mich, wie sie hierher gekommen ist. Und wovon sie lebt.«

Er zog einen Handschuh aus, ließ sich neben Mike in die Hocke sinken und streckte die Hand nach dem Kater aus. Das Tier fauchte, schlug blitzschnell mit der Pfote zu und machte einen Satz zur Seite. Ben zog seine Hand mit einem Schrei wieder zurück und sprang auf. Drei dünne, blutige Kratzer waren plötzlich auf seinem Handrücken.

»Verdammtes Mistvieh!«, schimpfte Ben. »Ich kann Katzen ohnehin nicht leiden.«

»Wahrscheinlich spürt er das«, antwortete Mike. Er hatte Mühe, ein schadenfrohes Grinsen zu unterdrücken – zumal der Kater sich schon wieder beruhigt hatte und schnurrend um seine Beine strich.

»Wo ist denn jetzt dein fabelhaftes Dornröschen?«, maulte Ben.

Mike deutete auf die Tür, vor der sie stehen geblieben waren, und trat als Erster hindurch. Der Kater eilte mit steil aufgestelltem Schwanz voraus, war mit einem eleganten Satz auf der Oberseite des gläsernen Sarges und schnurrte so laut, dass es sich wie ein kleiner Elektromotor anhörte.

»Erstaunlich«, murmelte Ben. »Ich möchte wissen, wer sie hierher gebracht hat. Und wie lange sie schon so daliegt.« Er näherte sich dem Sarg. Der Kater hielt in seinem ruhelosen Hin und Her inne und fauchte und Ben blieb mitten im Schritt stehen.

»Das Vieh ist ja gemeingefährlich«, sagte er. »Wir sollten es Beißer taufen.«

»Sein Name ist Astaroth«, sagte Mike.

Ben blinzelte. »Wie?«

»Astaroth«, wiederholte Mike. »Sein Name ist Astaroth.«

»Ach?« Ben verzog spöttisch die Lippen. »Hat er dir das gesagt?«

»Richtig«, antwortete Mike. Ben lachte und ging vorsichtig weiter, aber Mike blieb völlig verdattert stehen. Was Ben für einen Scherz halten mochte, war keiner. Der Name war ihm nicht einfach so eingefallen. Er hatte ihn ganz plötzlich gewusst, so deutlich, als hätte ihm jemand *gesagt*, wie der Kater hieß. Es war fast unheimlich.

Ben hatte mittlerweile den Sarg erreicht, hütete sich aber angesichts der drohend gefletschten Zähne Astaroths, ihm zu nahe zu kommen. »Ganz hübsch«, meinte er, nachdem er das Mädchen eine Weile prüfend gemustert hatte. »Aber nicht mein Typ.«

Auch Mike trat näher, strich dem Kater gedankenverloren über den Kopf und sah auf das Mädchen herab. »Sie ist –«

»Sie ist *was*?«, fragte Ben, als Mike verstummte. Er drehte sich zu ihm herum und blickte ihn fragend an. Mike hörte ihn nicht. Er starrte das Mädchen ungläubig an. Seine Gedanken drehten sich wild im Kreis.

»Was ist los mit dir?«, fragte Ben.

»Sie ... sie hat sich bewegt!«, stammelte Mike. Er deutete auf das Mädchen. »Sie muss noch am Leben sein!«

Ben sah eine Weile konzentriert auf das Mädchen herab. »Du spinnst«, sagte er schließlich. »Sie atmet nicht mal. Wie kann sie sich da bewegt haben.«

Aber Mike war vollkommen sicher. Gestern waren die Hände des Mädchens auf der Brust gefaltet gewesen. Jetzt war ihr linker Arm heruntergerutscht und lag lang ausgestreckt neben ihrem Körper.

»Trautman!«, schrie er. »Kommen Sie her! Schnell!«

Ben blickte ihn kopfschüttelnd an und einen Augenblick später kam Trautman herein, so schnell es der schwere Taucheranzug zuließ. In seiner rechten Hand lag eine Pistole. Mike hatte nicht einmal bemerkt, dass er die Waffe mitgenommen hatte.

»Was ist geschehen?«, fragte Trautman alarmiert.

Mike wollte antworten, aber Ben kam ihm zuvor. »Mike glaubt, dass Dornröschen aufgewacht ist«, erklärte er mit einem hämischen Grinsen.

»Sie *hat* sich bewegt«, sagte Mike.

Bens Grinsen wurde noch breiter. »Klar doch«, sagte er. »Und außerdem hat ihm der Kater gerade seinen Namen verraten.« Er tippte sich bezeichnend an die Schläfe und Mike schenkte ihm den giftigsten Blick, zu dem er überhaupt fähig war.

»Warum gehst du nicht ein bisschen vor die Tür und ärgerst die Fische?«, fragte er. »Aber lass deinen Helm hier, damit –«

»Schluss!«, sagte Trautman scharf. Er steckte seine Waffe ein, bedachte Mike und Ben hintereinander mit einem mahnenden Blick und trat schließlich selbst an den Glassarg heran. Der Kater fauchte drohend.

»Passen Sie auf«, sagte Mike. »Ich glaube, er bewacht das Mädchen.«

»Stimmt«, pflichtete ihm Ben bei. »In Wirklichkeit ist er nämlich ein verzauberter Löwe – oder war es ein Haifisch?«

Wäre der schwere Anzug nicht gewesen, Mike hätte ihm jetzt vors Schienbein getreten. »Sie hat sich bewegt«, beharrte er, an Trautman gewandt, der schweigend auf das Mädchen herabsah. »Sehen Sie sich ihre Hand an. Sie lag gestern anders da.«

»Ich bin ... nicht sicher«, sagte Trautman zögernd.

»Aber ich!«, antwortete Mike. Er war plötzlich so aufgeregt, dass er kaum noch stillstehen konnte. »Wissen Sie, was das bedeutet, Trautman? Sie lebt! Sie ... sie ist nicht tot, sondern schläft nur!«

»Sie atmet nicht«, sagte Trautman, aber Mike fegte seine Worte mit einer Handbewegung zur Seite.

»Vielleicht atmet sie nur ganz wenig«, setzte er dagegen. »Vielleicht ... vielleicht schläft sie ganz tief!«

»Klar«, sagte Ben spöttisch. »Und das seit zweitausend Jahren, wie?«

»Und warum nicht?«, gab Mike zurück. »Vielleicht haben wir uns getäuscht! Möglicherweise ist das hier gar kein Grab. Wer weiß – vielleicht dienen all diese komplizierten Maschinen dort draußen nur dem einen Zweck, sie am Leben zu erhalten!«

In das spöttische Grinsen auf Bens Zügen mischte sich Überraschung, dann ein sehr nachdenklicher Ausdruck. »Du meinst ...«

»Dass dein Vergleich mit Dornröschen gar nicht einmal so falsch ist«, sagte Mike. Er wandte sich an Trautman. »Wir müssen sie mitnehmen!«

Trautman stand schweigend da und blickte das bewegungslos daliegende Mädchen an, dann drehte er sich langsam herum, sah Mike an und fragte: »Warum?«

»Nun, weil ... weil ...« Mike wusste keine Antwort.

»Aber wir können sie doch nicht einfach hier lassen«, sagte nun auch Ben. »Wenn sie wirklich lebt, dann –«

»*Wenn* sie noch lebt«, unterbrach ihn Trautman. »Erstens ist es nur eine Theorie. Zweitens wüssten wir gar nicht, wie wir sie aufwecken sollten.« Er deutete auf Mike. »Nehmen wir an,

Mikes Theorie wäre richtig und diese ganze Maschinerie dort draußen wäre tatsächlich nur dazu da, dieses Mädchen am Leben zu erhalten – und das seit Jahrhunderten, wenn nicht noch länger! –, glaubst du vielleicht, dann könnte man einfach einen Schalter umlegen und sie damit aufwecken?« Er schüttelte den Kopf. »Sehr viel wahrscheinlicher ist, dass wir das Mädchen damit umbringen. Und selbst wenn es uns gelänge – bist du sicher, dass sie das überhaupt will?«

Mike sah ihn betroffen an. »Wie ... meinen Sie das?«

»So, wie ich es sage«, antwortete Trautman. »Wenn du Recht hast und all diese Maschinen tatsächlich nur diesem einen Zweck dienen, dann haben sie sie bestimmt nicht aus einer Laune heraus gebaut, sondern mit einem guten Grund. Wer gibt uns das Recht, das Mädchen einfach aufzuwecken?«

»Winterfeld wird sich diese Frage nicht stellen, wenn er sie findet«, grollte Ben.

»Da bin ich nicht einmal sicher«, antwortete Trautman. »Außerdem werden wir alles tun, damit er sie nicht findet.« Er hob die Hand zu einer besänftigenden Geste. »Im Moment können wir sowieso nichts machen. Selbst wenn wir sie mitnehmen wollten – zuallererst einmal müssen wir die NAUTILUS wieder flottbekommen. Oder sollen wir sie aufwecken, nur damit sie vielleicht zusammen mit uns untergeht?«

Mike widersprach nicht mehr. Trautman hatte Recht – aber das änderte nichts daran, dass ihn der Gedanke, das Mädchen einfach hier zu lassen, sehr traurig machte.

»Und Astaroth?«, fragte er.

»Der Kater?« Trautman zuckte die Achseln. »Wir reden darüber, sobald wir die NAUTILUS repariert haben – und über alles andere auch. Einverstanden?«

Was blieb ihnen schon anderes übrig? Mit einem letzten bedauernden Blick auf das schlafende Mädchen verließ Mike die Kammer und ging zusammen mit Ben und Trautman in den Lagerraum, in dem die Pressluftflaschen untergebracht waren.

Die nächsten beiden Stunden waren so mit Arbeit angefüllt, dass Mike das geheimnisvolle Mädchen und seine Aufregung beinahe vergessen hatte. In dem Lagerraum befanden sich an die fünfzig der großen, schweren Stahlflaschen, und Trautman schätzte, dass sie mindestens die Hälfte davon brauchen würden, um die NAUTILUS wieder vom Meeresboden zu heben. Allein der Gedanke, zwanzig oder gar dreißig der Stahlflaschen bis zur NAUTILUS hinüberschleppen zu sollen, ließ es Mike heiß und kalt den Rücken herunterlaufen. Aber nun zeigte sich, dass Trautman eine gute Idee gehabt hatte.

Mit vereinten Kräften rollten sie ein halbes Dutzend Flaschen zur Luftschleuse hin, bevor sie wieder in ihre Anzüge stiegen und die Kuppel verließen. Der Kater folgte ihnen dabei auf Schritt und Tritt, sodass sie ihn am Schluss fast gewaltsam zurückdrängen mussten, damit er ihnen nicht in die Schleusenkammer folgte, wo er zweifellos ertrunken wäre.

Draußen vor der Schleuse rollte Trautman fünf der Flaschen auf das mitgebrachte Netz und opferte den Inhalt der sechsten dafür, die Luftsäcke aufzublasen, die sie an den vier Ecken des Netzes befestigt hatten. Wie Bojen stiegen sie in die Höhe und hoben das Netz samt seiner Last an, sodass sie das Gewicht der

Pressluftflaschen kaum noch fühlten, als sie sich schließlich auf den Rückweg zur NAUTILUS machten.

Auf diese Weise transportierten sie insgesamt zwanzig Flaschen zum U-Boot, was natürlich mehrere Stunden in Anspruch nahm und trotz allem eine sehr Kraft raubende Arbeit war. Die Proteste der anderen, nicht mit zur Kuppel gehen zu dürfen, verstummten allmählich, als sie sahen, wie sich Ben und Mike damit abmühten, die schweren Flaschen in die Tauchkammer der NAUTILUS zu hieven.

Als sie schließlich zum fünften Mal in die Kuppel zurückkehrten, erklärte Trautman, dass es jetzt genug sei. Noch diese eine Ladung, und sie hatten ausreichend Pressluft auf die NAUTILUS hinübergeschafft, um sie zur Not sogar mit dem eingedrungenen Wasser an Bord an die Wasseroberfläche zu bekommen.

Mike ging noch einmal in die Kammer mit dem schlafenden Mädchen zurück, um sie ein letztes Mal zu betrachten. Er sah ein, dass Trautman vollkommen Recht hatte – sie konnten das Mädchen nicht mitnehmen und vermutlich durften sie es auch gar nicht. Aber der Gedanke, sie einfach zurückzulassen, bedrückte ihn sehr. Er hatte dieses Mädchen gestern zum ersten Mal gesehen und trotzdem erfüllte ihn ihre Nähe mit einem so vertrauten Gefühl, als kenne er sie schon sein Leben lang. Der Kater saß die ganze Zeit über neben ihm, betrachtete ihn aus seinem bernsteingelben Auge und schien dann und wann zustimmend zu nicken, als verstehe und teile er seine Trauer.

»Wir sollten jetzt gehen«, hörte Mike Trautman sagen. Ben und er waren unbemerkt hinter Mike getreten. Beide sahen sehr erschöpft aus und ganz plötzlich fühlte sich auch Mike müde und ausgelaugt.

»Wir schlafen uns gründlich aus und beraten morgen früh, was zu tun ist.« Trautman fuhr sich mit beiden Händen über das Gesicht und Mike erinnerte sich daran, wie müde Trautman schon am Morgen ausgesehen hatte.

Mike wollte antworten, aber in diesem Moment ging ein dröhnender, lang nachhallender Schlag durch die Kuppel und alle fuhren erschrocken zusammen.

»Das ist die Schleuse«, stieß Ben hervor. »Irgendjemand kommt!«

Einen Moment lang sahen sie sich betroffen an, dann fuhren sie wie auf ein gemeinsames Kommando hin herum und begaben sich in die große Halle zurück, aber sie kamen zu spät. Vor ihren Augen begann sich die stählerne Tür der Schleusenkammer zu öffnen und sie fanden gerade noch Zeit, sich hinter einem großen Maschinenblock zu verstecken, als vier Personen hintereinander aus der Schleuse traten. Sie trugen Taucheranzüge, die aus Gummimaterial bestanden und die Mike schon einmal gesehen hatte.

»Deutsche«, zischte Ben leise. »Das sind Winterfelds Leute.«

Die Schleuse wurde wieder geschlossen und öffnete sich kurz darauf erneut. Drei weitere Taucher traten daraus hervor. Die Männer nahmen ihre Helme ab und holten unter den Anzügen Pistolen hervor. Misstrauisch, aber auch mit unübersehbarem Staunen begannen sie die Halle zu durchsuchen, wobei sie dem Versteck der beiden Jungen und Trautmans mehr als einmal bedrohlich nahe kamen.

Schließlich blieben zwei der Soldaten an der Schleuse stehen, während die anderen auf die Tür zugingen, hinter der sich die Kammer mit dem Glassarg befand. »Keine Chance, unbemerkt an ihnen vorbeizukommen«, flüsterte Ben. »Wir müssen sie ablenken.« Er sah Trautman an. »Haben Sie Ihre Pistole mit?«

»Bist du verrückt?«, fragte Trautman. »Sie sind zu siebt – und wir haben eine einzige Pistole. Wir hätten keine Chance.« Er runzelte besorgt die Stirn. »Wir müssen sie irgendwie ablenken. Wenn es uns gelingt, in die Schleuse zu kommen, können wir wenigstens die NAUTILUS warnen.«

»Falls sie nicht draußen auf uns warten«, sagte Ben. »Oder die NAUTILUS bereits gekapert haben.«

Mike blickte ihn finster an. »Du hast eine wirklich herzerfrischende Art, einem Mut zu machen«, sagte er. »Ich bin nur realistisch«, verteidigte sich Ben.

Mittlerweile hatten zwei der deutschen Soldaten die Kammer erreicht. Mike hörte, wie sie sich aufgeregt in ihrer Muttersprache unterhielten, dann erklang eine Reihe heller, metallischer Laute und plötzlich ein Kreischen und Fauchen, das Mike hinter seiner Deckung erschrocken zusammenfahren ließ.

Eine Sekunde später taumelte einer der deutschen Marinesoldaten rücklings aus der Tür. An seinem Gesicht hatte sich ein schwarzer Dämon festgekrallt, der fauchend und zischend mit den Klauen nach ihm schlug. Nur mit Hilfe zweier seiner Kameraden gelang es dem Mann, den Kater davonzuschleudern.

Astaroth gebärdete sich wie toll. Kaum war er auf dem Boden gelandet, sprang er mit zwei gewaltigen Sätzen an einem anderen Soldaten hoch und begann ihm ebenfalls das Gesicht zu zerkratzen. Vor lauter Zorn und Wut hatte sich der Kater fast auf das Doppelte seiner Größe aufgeplustert.

Auch dieser Mann schaffte es, ihn von sich zu schleudern, und diesmal reagierten die anderen sofort. Drei von ihnen schossen auf das Tier. Es gelang Astaroth, zweien der Schüsse auszuweichen, doch der dritte traf. Mit einem kläglichen Miauen brach er zusammen, kroch aber trotz seiner Verletzung erneut auf die Männer zu. Einer der Deutschen versetzte ihm einen Tritt, der ihn hilflos davonschlittern ließ.

Der Anblick ließ in Mike eine Sicherung durchbrennen. Bevor Ben oder Trautman ihn daran hindern konnten, sprang er auf und stürmte los. Er stieß einen der Soldaten kurzerhand aus dem Weg, packte den Kater und hob ihn auf.

Die Männer waren viel zu überrascht, um sofort zu reagieren. Mike tauchte unter den Armen eines Soldaten hindurch, versetzte einem weiteren einen Stoß, der ihn die Balance verlieren und schwer auf dem Boden landen ließ, und sprang erschrocken zur Seite, als hinter ihm ein Schuss fiel. Die Kugel schlug Funken aus dem Stein vor ihm. Ein zweiter Schuss fiel, dann ein dritter und vierter – und darauf erscholl ein scharfer Befehl und die Männer stellten das Feuer wieder ein.

Den verwundeten Kater an sich gedrückt, rannte Mike im Zickzack auf Trautman und Ben zu, die sich mittlerweile der Luftschleuse genähert hatten. Jetzt erwies sich seine selbstmörderische Rettungsaktion als vorteilhaft. Die beiden Posten an der Schleuse waren so sehr auf ihn konzentriert, dass sie Trautman und Ben erst bemerkten, als es zu spät war.

Ben folgte Mikes Beispiel und rammte einem der beiden kurzerhand die Schulter in den Leib, sodass dieser stürzte und wie ein auf den Rücken gefallener Käfer liegen blieb. Trautman versetzte dem Zweiten einen Faustschlag, der ihn mit blutiger Nase auf die Knie herabsinken ließ. Beinahe gleichzeitig versetzte er Ben einen Stoß, der ihn in die offen stehende Luftschleuse hineinstolpern ließ. Und dann tat er etwas, was Mike nicht verstand: Die deutschen Taucher hatten ihre Helme an der Wand neben der Schleusenkammer aufgereiht. Trautman sprang darauf zu – und trat der Reihe nach die gläsernen Sichtfenster der Helme ein. Nur einen einzigen ließ er unbeschädigt, nahm ihn auf und klemmte ihn unter den linken Arm.

»Beeil dich!«, schrie Ben.

Mike rannte, so schnell er nur konnte, jeden Moment darauf gefasst, dass wieder auf ihn geschossen wurde. Aber der Einzige, der plötzlich seine Waffe hob und das Feuer eröffnete, war Trautman. Rasch hintereinander gab er drei, vier Schüsse aus seiner Pistole ab, die die deutschen Marinesoldaten hastig in Deckung springen ließen.

Mit einem Satz warf sich Mike durch die Tür der Schleusenkammer und fuhr herum. Trautman feuerte seine beiden letzten Patronen ab und jetzt war Mike ziemlich sicher, dass er gar nicht treffen wollte, denn die Kugeln schlugen haarscharf vor den Füßen der Männer in den Boden und trieben sie wieder in Deckung zurück. Einen Augenblick später schlug die Schleusentür mit einem dumpfen Knall zu; sie waren in Sicherheit. Die Frage war nur, wie lange.

»Bist du völlig wahnsinnig geworden?«, keuchte Ben. »Um

ein Haar hätten sie uns alle umgebracht – und das alles nur wegen dieses ... dieses Mistviehs!«

Mike sah auf den Kater herunter. Astaroth hing fast reglos in seinen Armen, nur ab und zu stieß er ein klägliches Maunzen aus.

»Ich konnte ihn doch nicht liegen lassen!«, sagte Mike.

»Konntest du nicht, so?«, fragte Ben hämisch. »Aber das Vieh wird sowieso sterben oder hast du zufällig einen passenden Taucheranzug für die Mieze dabei?«

Mike starrte ihn an. Ein eisiger Schrecken durchfuhr ihn. Die Schleusenkammer begann sich bereits mit Wasser zu füllen. Der Kater würde ertrinken!

»Setzt eure Helme auf!«, befahl Trautman. »Schnell. Und seid auf der Hut. Möglicherweise warten draußen noch mehr auf uns!«

Er stülpte seinen eigenen Helm über, half Mike und Ben die ihren aufzusetzen und sicher zu verriegeln und nahm Mike dann den Kater aus den Händen. Das Wasser sprudelte immer schneller in die Kammer und reichte ihnen jetzt schon bis an die Brust. Astaroth maunzte kläglich, versuchte aber nicht sich zu wehren – nicht einmal, als Trautman ihn ziemlich unsanft im Nacken ergriff und in die Höhe hob. Vor Mikes staunenden Augen schob er ihn in den Helm, den er aus der Halle mitgebracht hatte. Und endlich begriff Mike, was Trautman vorhatte: Die in dem Helm vorhandene Luftblase mochte reichen, den Kater am Leben zu erhalten, bis sie wieder an Bord der NAUTILUS waren. Es war eine verzweifelt geringe Chance – aber die einzige, die das Tier hatte.

Die Kammer war mittlerweile vollends geflutet und die äußere Tür begann sich zu öffnen. Trautman reichte den Helm mit dem Kater darin vorsichtig an Mike weiter, wobei er sorgsam darauf achtete, ihn gerade zu halten, damit die Luft nicht entwich. Kaum hatte Mike ihn an sich genommen, da hatte sich die äußere Tür auch schon geöffnet und sie traten nacheinander ins Freie.

Trautmans Befürchtung, auf einen weiteren Soldaten zu treffen, bewahrheitete sich nicht. Nur wenige Meter neben der Kuppel hing eine gewaltige, stählerne Konstruktion, aus deren Fenstern weißes Licht drang – die Taucherglocke, mit der die Marinesoldaten heruntergekommen waren. Sie fühlten sich völlig sicher, denn sie waren alle in die Unterwasserkuppel gegangen, ohne einen Wächter zurückzulassen. Zugleich aber erschreckte Mike der Anblick zutiefst, denn er bewies, dass Winterfelds Leute mittlerweile nicht nur gelernt hatten, mit der Taucherglocke umzugehen, sondern auch ziemlich genau wussten, wo die Unterseekuppel lag. Dass die Taucherglocke gerade hier heruntergegangen war, konnte kein Zufall sein.

Trautman ging dicht gefolgt von den beiden Jungen zu der Stelle hinüber, an der er das Seil befestigt hatte, löste es und begann sich daran entlangzuhangeln. Mike sah ein paar Mal über die Schulter zurück, aber weder bei der Schleuse noch bei Arronax' Taucherglocke rührte sich etwas. Trotzdem bewegten sie sich so schnell weiter, wie es die schweren Taucheranzüge zuließen.

Das Unglück geschah, als sie die NAUTILUS fast erreicht hatten. Mike achtete nur einen winzigen Moment nicht darauf, wohin er trat – und glitt prompt auf einem Stein aus, der im weichen Schlamm auf dem Meeresgrund verborgen gewesen war. Er fand sein Gleichgewicht im letzten Moment wieder, aber der Helm mit dem Kater rutschte aus seinen Händen und fiel zu Boden. Astaroth glitt mit einer fast eleganten Bewegung heraus, eingehüllt in einen Perlenvorhang aus glitzernden Luftblasen, in dem seine kostbare Atemluft nach oben stieg, Mike versuchte sofort nach ihm zu greifen, aber Astaroth schlüpfte geschickt wie ein Fisch zwischen seinen Fingern hindurch. Für eine Katze schwamm er nicht nur erstaunlich gut, fand Mike, sondern schien auch wunderbarerweise Gefallen an dem nassen Element zu finden, denn er bewegte sich mit offenkundigem Vergnügen vor Mike im Wasser hin und her, sodass es dem Jungen erst beim dritten oder vierten Versuch überhaupt gelang, ihn zu fassen.

Mit verzweifelter Hast stolperte er auf die NAUTILUS zu. Ben und Trautman, die das Unglück mit angesehen hatten, machten ihm Platz, damit er das Schiff noch erreichte, bevor der Kater ertrank.

Als er den halben Weg zur Tauchkammer hinter sich gebracht hatte, begann Astaroth in seinen Händen zu zappeln, Mike vermochte ihn kaum noch zu halten. Der Kater kratzte und biss wie wild um sich. Mike versuchte noch schneller zu gehen, näherte sich der Tauchkammer – und stolperte zum zweiten Mal.

Diesmal vermochte er seinen Sturz nicht mehr rechtzeitig abzufangen. Er fiel, ließ den Kater los und stürzte schwer in den schlammigen Grund. Der Anzug bewahrte ihn vor einer Verletzung, aber er verhinderte auch, dass Mike sich aus eigener Kraft wieder aufrichten konnte. Erst Ben und Trautman zusammen gelang es, ihn wieder auf die Füße zu stellen.

Mikes erster Blick galt dem Kater. Er war fest überzeugt, Astaroth sterbend oder bereits tot vorzufinden. Das genaue Gegenteil war der Fall. Astaroth tollte wie ein junger Fischotter zwischen Trautman und Ben herum. Mike konnte die Gesichter der beiden hinter den spiegelnden Scheiben ihrer Helme nicht erkennen, aber ihre Armbewegungen machten ihm klar, dass sie das, was sie sahen, genauso verblüffte wie Mike. Es war einfach unglaublich.

Aber unglaublich oder nicht – es dauerte noch fast fünf Minuten, bis Mike, Ben und Trautman wieder an Bord der NAUTILUS waren. Und die ganze Zeit über sprang Astaroth höchst vergnügt zwischen ihnen im Wasser herum.

»Wie geht es ihm?«, fragte Mike und sah mit bangem Gefühl auf das schwarze Fellbündel auf dem Tisch hinab. Im Wasser hatte sich Astaroth so unbefangen und natürlich bewegt, als wäre dies sein eigentliches Element, aber das hatte sich nach der Rückkehr an Bord der NAUTILUS schlagartig geändert. Er hatte sich geschüttelt und dem direkt neben ihm stehenden Ben, der sich gerade aus seinem Taucheranzug geschält hatte, eine unfreiwillige Dusche verpasst – dann war er zusammengebrochen. Nass und verwundet, wie er war, bot er ein Bild des Jammers. Sein vorher so dichtes, langes Fell klebte strähnig an seinem Körper, der in Wirklichkeit nicht viel größer als der einer etwas zu groß gewordenen Ratte war.

Singh hatte die Wunde an seiner Flanke untersucht. Nun richtete er sich auf und lächelte Mike beruhigend zu. »Macht Euch keine Sorgen«, sagte er. »Es ist nur ein Streifschuss. Ich werde ihm einen Verband anlegen und in ein paar Tagen müsste es ihm wieder gut gehen. Das Tier ist im Moment nur geschwächt. Es hat ziemlich viel Blut verloren.« Er griff nach einer Rolle Verbandmull und begann damit, Astaroth einzuwickeln, als wollte er ihn in eine ägyptische Mumie verwandeln. Singh neigte manchmal dazu, zu übertreiben; vor allem, wenn er glaubte, jemandem helfen zu können. »Er ist im Wasser geschwommen, sagt Ihr?«

Mike nickte. »Wie ein Fisch. Und er schien sich dabei auch genauso wohl zu fühlen. Er war mindestens fünf Minuten unter Wasser.«

»Das ist ... schwer zu glauben«, sagte Singh zögernd. »Womit ich natürlich nicht sagen will, dass ich Euch nicht glaube.«

»Was du niemals wagen würdest, ich weiß«, fügte Mike mit gutmütigem Spott hinzu. Aber er wurde sofort wieder ernst. »Ich verstehe es ja selbst nicht, Singh – aber es war fast so, als könnte er unter Wasser atmen. Das ist doch unmöglich, oder?«

»Ich weiß allmählich selbst nicht mehr, was möglich ist und was nicht«, seufzte Singh.

»So wenig, wie wir wissen, wie er in die Kuppel gekommen ist und dort die lange Zeit überlebt hat«, murmelte Mike. »Oder wovon er sich ernährt hat. Ich habe nichts Essbares in der Kuppel entdeckt.«

Singh verknotete den Verband und vergewisserte sich pedantisch von seinem korrekten Sitz. Astaroth hatte jetzt tatsächlich eine gewisse Ähnlichkeit mit einer ägyptischen Katzenmumie.

Der Kater streckte sich, als wollte er den Sitz des Verbandes prüfen, rollte sich auf den Rücken und schnüffelte daran, dann sprang er mit einem etwas schiefen Satz vom Tisch und begann den Salon der NAUTILUS zu erkunden. Er war noch ziemlich wackelig auf den Beinen – aber wenn man bedachte, dass es noch nicht einmal eine halbe Stunde her war, seit er vor Mikes Augen angeschossen worden war, dann hatte er sich bereits erstaunlich gut erholt.

Mike beobachtete Astaroth noch einige Sekunden, dann ging er zu Trautman hinüber, der wieder im Kapitänssessel Platz genommen hatte und abwechselnd seine Instrumente und das große Aussichtsfenster betrachtete. Mike konnte auf keinem davon irgendwelche Besonderheiten entdecken: Hinter dem Fenster herrschte noch immer Schwärze und die Funktion der meisten Geräte war ihm nach wie vor rätselhaft. Da Trautman vorgehabt hatte, die NAUTILUS zu versenken, hatte er sich die Mühe gespart, den Jungen jedes Detail zu erklären.

»Eine verdammt clevere Idee, das mit den Helmen«, sagte Mike grinsend zu Trautman.

Trautman nahm das Kompliment an, ohne eine Miene zu verziehen. »Winterfeld wird andere Leute herunterschicken, wenn die erste Mannschaft nicht zurückkommt«, sagte er. »Die werden dann sicher nach uns suchen.«

»Woher wussten Sie eigentlich, dass sie nicht auf uns schießen würden?«, fragte Ben.

»Ich verstehe ein paar Brocken Deutsch«, antwortete Trautman. »Winterfeld hat offensichtlich Befehl gegeben, uns lebendig zu fangen. Das bringt uns einen kleinen Vorteil.«

»Er wäre entschieden größer, wenn Sie nicht absichtlich vorbeigeschossen hätten«, sagte Ben. »Wenn ich eine Waffe dabeigehabt hätte –«

»Was dann?«, fiel ihm Trautman ins Wort. »Dann hättest du dir ein tolles Feuergefecht mit Ihnen geliefert, wie? Die Männer im Alleingang niedergemacht – falls sie nicht ihrerseits uns vorher umgebracht hätten, heißt das. Das hättest du getan, wie? Und dich wie ein richtiger Held gefühlt, wie?«

»Das waren Deutsche«, schnappte Ben. Er schob trotzig das Kinn vor. »Und gegen die führen wir Krieg, wie Sie wohl wissen.«

»Wir«, entgegnete Trautman betont, »führen gegen überhaupt niemanden Krieg. Das tun Menschen, die mit Gewalt alle Macht an sich reißen wollen. Und deshalb werde ich mit allen Mitteln verhindern, dass irgendein Staat der Erde die NAUTILUS in die Hände bekommt. Wer das nicht begreift, ist bei uns fehl am Platz, merk dir das!«

Ben starrte ihn an. Er war blass geworden. Auch Mike war überrascht. Trautman gehörte nicht zu den Menschen, die sich ein Blatt vor den Mund nahmen; aber es kam trotzdem selten vor, dass er sich so deutlich äußerte. Aber er glaubte Trautman auch sehr gut zu verstehen – letztendlich wäre dies alles nicht geschehen, hätte er getan, was er von Anfang an vorgehabt hatte, und die NAUTILUS versenkt. Er machte sich Vorwürfe, ob sie nun berechtigt waren oder nicht.

Etwas berührte sacht seine Beine. Der Kater war ihm gefolgt und blickte abwechselnd Ben, Trautman und ihn selbst an, fast als hätte er jedes Wort verstanden, und versuchte auf diese Weise seine Meinung zu dem Thema kundzutun.

»Ich muss noch einmal zur Kuppel«, sagte Trautman plötzlich.

Nicht nur Mike sah ihn überrascht an.

»Aber warum denn?«, fragte André und Juan, pragmatisch wie immer, fügte hinzu:

»Das kann verdammt gefährlich werden.«

»Ich weiß«, antwortete Trautman. Mit einem Ruck drehte er sich vom Fenster weg. »Aber es muss sein. Ich werde irgendwie versuchen, diese Taucherglocke zu zerstören. Ich hätte es sofort tun sollen, aber ich habe wohl die Nerven verloren.«

»Damit verurteilen Sie die Soldaten, die in der Kuppel sind, zum Tode«, sagte Singh ernst. »Ohne die Taucherglocke können sie von Winterfelds Leuten nicht wieder zur LEOPOLD gebracht werden.«

Trautman schwieg einen Moment. Dann schüttelte er den Kopf. »Da ich ihre Helme zerstört habe, können sie die Kuppel nicht verlassen«, sagte er. »Wir werden später zurückkommen und sie an Bord nehmen – sobald die LEOPOLD abgefahren ist. Ohne Arronax' Taucherglocke hat Winterfeld keine Chance, jemals diese Tiefe zu erreichen. Er weiß das.«

Astaroth miaute, als wollte er seine Worte bestätigen, und Trautman sah eine Sekunde lang mit einem Lächeln auf den Kater hinab, ehe er weiterging.

Doch er kam nicht dazu, den Salon zu verlassen, denn Singh trat ihm in den Weg. »Sie können nicht noch einmal dorthin gehen«, sagte er leise, mit seiner vertrauten, freundlichen Stimme, aber auch in sehr entschiedenem Ton. »Sie sind völlig am Ende mit Ihren Kräften. Sie würden es nicht schaffen.«

»Unsinn!«, widersprach Trautman, aber Singh schnitt ihm mit einer Handbewegung das Wort ab und fuhr fort: »Juan und ich werden gehen. Sie bleiben hier und schlafen ein paar Stunden. Seien Sie vernünftig. Wir können es uns nicht leisten, Sie zu verlieren. Wenn Sie im entscheidenden Moment zusammenbrechen, ist es vielleicht um uns alle geschehen. Keiner von uns kann allein mit der NAUTILUS umgehen.«

Dieses Argument schien Trautman zu überzeugen. Er willigte ein, an Bord der NAUTILUS zu bleiben, während Singh und Juan noch einmal hinüber zur Kuppel gingen, um das nachzuholen, was er selbst bei ihrem letzten Besuch dort versäumt hatte. Mike bezweifelte überdies, dass es ihm überhaupt möglich gewesen wäre, der Taucherglocke ernsthaften Schaden zuzufügen. Das Gefährt hing an gewaltigen Eisenketten, denen ohne die entsprechenden Hilfsmittel kaum beizukommen war. Singh rüstete sich mit einem halben Dutzend Dynamitstangen und einer großen Eisensäge aus, bevor er das Schiff verließ.

Mit Ausnahme Bens, der es vorgezogen hatte, im Salon zurückzubleiben und zu schmollen, begleiteten sie alle Singh und den jungen Spanier zur Tauchkammer. Und hinter ihnen marschierte Astaroth einher. Er bewegte sich mit jedem Schritt müheloser. Die Schnelligkeit, mit der er seine Verletzung überwand, war schon beinahe unheimlich.

Obwohl ihnen allen klar war, dass im Moment nichts für sie so kostbar war wie Zeit, hatten sich Trautman, Ben und Mike in ihre Kabinen zurückgezogen, um ein wenig zu schlafen. Möglicherweise war es für lange Zeit das letzte Mal, dass sie sich

Ruhe gönnen konnten, denn selbst wenn es ihnen gelang, die Taucherglocke zu zerstören und die NAUTILUS wieder flottzumachen, würden sie alle Kraft und Aufmerksamkeit brauchen, um der LEOPOLD zu entkommen.

Lautstarkes Schimpfen und Poltern weckte Mike. Er setzte sich mit einem Ruck in seinem Bett auf und sah sich benommen um. Er hatte wieder geträumt, völlig wirres Zeug diesmal, und hatte Mühe, in die Wirklichkeit zurückzufinden. Da ertönte die aufgebrachte Stimme erneut: Es war Ben, dessen Kabine gleich neben der seinen lag. Hastig schwang Mike die Beine aus dem Bett, stand auf und trat auf den Gang hinaus.

Im selben Moment wurde die Tür zu Bens Kabine aufgerissen. Ein struppiges schwarzes Etwas schoss mit einem Fauchen heraus und verschwand am Ende des Ganges und eine Sekunde später erschien Ben mit hochrotem Kopf und vor Zorn funkelnden Augen unter der Tür. »Verdammtes Mistvieh!«, schimpfte er.

Mike konnte sich vorstellen, dass der Kater mit Ben nicht sehr freundlich verfahren war. »Was ist passiert?«, fragte er.

Ben fuhr mit einem Ruck herum und funkelte ihn an. »Dieser widerwärtige Kater!«, giftete er. »Weißt du, was dieses dämliche Vieh gemacht hat?«

Mike sah erst jetzt, dass Ben barfuß war und die Schuhe in den Händen hielt. »Nein«, sagte er. »Woher soll –?«

»Er hat mir in die Schuhe gepinkelt!«, unterbrach ihn Ben aufgebracht. Zornig hielt er sie ihm vors Gesicht.

»Diese elende Kreatur! Meine Stiefel sind doch kein Katzenklo!«

Mike hatte alle Mühe, vor Lachen nicht laut herauszuplatzen.

»Wenn ich ihn erwische, reiße ich ihm jedes Haar einzeln aus!«, versprach Ben. »Ich werde ihm –«

Vermutlich hätte er noch weitergeschimpft, hätten sie nicht in diesem Moment vom anderen Ende des Ganges her ein dumpfes Krachen gehört, das Ben mitten im Satz verstummen ließ. Es war das Geräusch, mit dem der schwere Schleusendeckel der Tauchkammer zuschlug. Singh und Juan waren zurückgekehrt.

Bens Ärger über den Kater und der drohende Streit waren auf der Stelle vergessen. Gleichzeitig liefen sie los, durchquerten den Geräteraum und warteten ungeduldig darauf, dass sich die von innen verriegelte Tür der Tauchkammer öffnete.

Das große Handrad begann sich nach kurzer Zeit zu drehen und nur wenige Sekunden später kamen Juan und der Inder hintereinander heraus. Und Mike musste nur einen einzigen Blick in Singhs Gesicht werfen um zu erkennen, dass irgendetwas nicht so gelaufen war, wie sie vorgehabt hatten.

»Was ist geschehen?«, fragte er erschrocken.

»Habt ihr die Glocke zerstört?«, fügte Ben hinzu.

Juan schüttelte den Kop und Singh antwortete: »Es war nicht möglich. Sie haben noch mehr Männer heruntergeschickt. Und ich fürchte, sie haben uns gesehen.«

Mike erschrak. »Haben sie euch verfolgt?«

Diesmal war es Juan, der antwortete. Singh hatte sich an ihnen vorbeigedrängt und war bereits unterwegs, um Trautman und die anderen zu alarmieren. »Nein. Aber sie haben das Mädchen aus der Kuppel geholt.«

»*Was?*«

Juan nickte. »Wir haben uns hinter einem Felsen versteckt und sie eine Weile beobachtet«, berichtete er. »Sie haben den kompletten Glaskasten mit dem Mädchen aus der Kuppel und in die Taucherglocke geschafft. Wir konnten nichts dagegen tun.«

»Aber das ... das darf nicht passieren!«, stammelte Mike. Er hörte das Tappen weicher Pfoten und sah aus den Augenwinkeln, dass Astaroth hinter ihnen aufgetaucht war. »Das Mädchen wird sterben, wenn Winterfeld versucht den Schrein zu öffnen.« Mike wusste selbst nicht, woher dieses Wissen stammte, Juan sah ihn erstaunt an.

»Konntet ihr sie nicht aufhalten?«, fragte Ben.

Juan zog eine Grimasse. »Und wie? Sie waren zu acht oder zehnt und wir hatten keine Waffen.«

»Und was ist mit dem Dynamit, das ihr mitgenommen habt?«, fragte Ben ärgerlich.

»Klar«, antwortete Juan. »Wir hätten sie alle in die Luft sprengen können. Und uns und das Mädchen gleich dazu. Meinst du das?«

Er wartete Bens Antwort gar nicht ab, sondern lief los, um Singh zu folgen. Ben, Mike und der Kater schlossen sich ihm an.

Schon bevor sie den Salon betraten, hörten sie aufgeregte Stimmen. Singh stand neben Trautman an dem großen Aussichtsfenster und berichtete ihm mit knappen Worten, was geschehen war. Trautman hörte schweigend zu und seine Miene verdüsterte sich mit jedem Wort, das er vernahm. »Dann werden sie bald auch hier auftauchen«, sagte er, nachdem Singh seinen Bericht beendet hatte. »Wir müssen so schnell wie möglich versuchen von hier wegzukommen. Wie weit seid ihr mit den Ventilen gekommen?«

Singh schüttelte den Kopf. »Sie passen einfach nicht.«

»Dann müssen wir pumpen«, entschied Trautman.

»Aber das kann Stunden dauern, wenn nicht Tage!«, protestierte André.

»Wir müssen es versuchen«, erwiderte Trautman. »Wir müssen nur so viel Wasser aus dem Schiff herausbekommen, dass wir uns bewegen können. Und sei es im Schneckentempo. In der Dunkelheit hier unten reichen schon ein paar hundert Meter, dass sie uns nicht mehr finden.«

Ein orangefarbener Blitz zerriss die Schwärze vor dem Fenster. Das Licht im Salon flackerte. Ein dumpfes Grollen und Rumpeln erklang, das rasch lauter wurde, und dann erfüllte ein ungeheures Dröhnen und Krachen die NAUTILUS, als schlügen unsichtbare Riesenhämmer auf den Rumpf des Tauchbootes ein.

»Festhalten!«, schrie Trautman.

Er hatte seine Warnung kaum ausgesprochen, da schien die NAUTILUS tatsächlich von einem Hammerschlag getroffen zu werden. Mike fühlte sich wie alle anderen von den Füßen gerissen und hilflos durch den Salon geschleudert, als sich das Boot unter dem Ansturm der Druckwelle schwerfällig auf die Seite legte, wobei sich seine Panzerplatten mit lautem Knirschen an Felsen und Gestein rieben.

Das Dröhnen verklang, aber der Fußboden unter ihnen zitterte und bebte noch immer, während Mike sich mühsam wieder hochrappelte. »Was war das?«

»Die Deutschen!«, sagte Ben. »Sie haben die Kuppel gesprengt!«

Das war der Selbstzerstörungsmechanismus der Station, vernahm Mike eine andere Stimme. *Sie hat ihren Zweck erfüllt, nachdem die Prinzessin fortgebracht wurde.*

»Prinzessin?«, wiederholte Mike laut und drehte sich um. Die anderen blickten ihn verständnislos an. »Woher wisst ihr, dass sie eine Prinzessin ist?«

Die Gesichter der anderen sahen plötzlich noch verständnisloser aus. Ben tippte sich mit den Fingern an die Schläfe. »Wovon sprichst du eigentlich?«

»Aber irgendjemand hat doch gerade gesagt –«

»Ich habe lediglich gesagt, dass die Deutschen die Kuppel gesprengt haben«, fiel ihm Ben ins Wort. Er grinste hämisch. »Bist du zufällig mit dem Kopf aufgeschlagen?«

»Aber ...« Mike brach ab. Sein Blick fiel auf Astaroth, der trotz seiner Verbände in fast majestätischer Haltung ein Stück weiter neben ihm auf dem Boden saß und ihn unverwandt anstarrte, fast als ... Nein, das war einfach zu absurd. Und Mike kam auch nicht dazu, diesen verrückten Gedanken zu Ende zu denken, denn die Gefahr war keineswegs vorüber.

Immer noch durchliefen heftige, unregelmäßige Stöße den Meeresboden und brachten die NAUTILUS zum Erzittern. Und sie wurden nicht schwächer. Ganz im Gegenteil: Jede Erschütterung schien ein wenig stärker zu sein als die vorhergehende, und Mike konnte regelrecht spüren, wie sich in dem Fels unter der NAUTILUS eine gewaltige Spannung aufbaute.

»Nein!«, keuchte Trautman. Seine Augen wurden groß vor Schrecken. »Um Gottes willen – nein!«

Die NAUTILUS begann immer heftiger zu zittern – und dann, ganz langsam, aber auch mit schrecklicher Unaufhaltsamkeit, begann sich das Heck des Unterseebootes zu neigen. Mike hörte, wie der stählerne Kiel mit einem grässlichen Geräusch über den Fels scharrte.

Dann sackte das Heck mit einem jähen Ruck ab. Der vordere Teil des Bootes stieg plötzlich in die Höhe und Mike stürzte abermals und prallte schwer gegen die Wand des Salons. Im nächsten Moment zog er den Kopf ein, denn Ben kam wie ein lebendes Geschoss auf ihn zugeflogen, prallte fluchend unmittelbar neben ihm gegen die Wand und wurde seinerseits von Chris getroffen, der heranschlitterte. Die Neigung des Bodens wurde immer stärker. Das Scharren und Schleifen von Metall auf Fels erreichte eine Intensität, die fast in den Ohren schmerzte, und dann, mit einem letzten, unvorstellbar harten Ruck, löste sich das Boot vollends von seinem Halt.

Mike schrie vor Entsetzen laut auf, als er begriff, was geschehen war. Die Explosion hatte die NAUTILUS von ihrem ohnehin unsicheren Halt heruntergeschleudert. Mit dem Heck voran begann das Schiff seinen Sturz in einen sechstausend Meter tiefen Abgrund.

Obwohl sie erst seit einer Stunde arbeiteten, spürte Mike seine Arme und Schultern kaum noch, dafür jedoch jeden einzelnen Muskel in seinem Körper umso schmerzhafter. Dabei wechselten sie sich im Fünf-Minuten-Rhythmus an der Pumpe ab. Lange würde keiner von ihnen diese Tortur noch durchhalten.

Seit der Sturz in den schier endlosen Abgrund begonnen hatte, arbeiteten sie mit verzweifelter Hast an den Pumpen. Sie alle wussten, dass sie Tage, wenn nicht Wochen brauchen würden, um auf diese Art das eingedrungene Wasser aus dem Schiff zu entfernen, und das, selbst wenn sie rund um die Uhr gearbeitet hätten. Aber ihnen blieben keine Tage, geschweige denn Wochen. Das Schiff sank nicht ganz so schnell, wie sie zuerst befürchtet hatten, aber trotzdem würden nur wenige Stunden vergehen, ehe es auf den Grund des sechstausend Meter tiefen Grabens aufschlug. Allerdings würde es wahrscheinlich schon lange vorher von dem unvorstellbaren Wasserdruck in dieser Tiefe zerquetscht werden. Keiner von ihnen wusste, wie tief die NAUTILUS tatsächlich tauchen konnte, aber sie würde niemals den Druck in sechstausend Meter Tiefe aushalten können.

Mike ließ den fast mannslangen Pumpenschwengel los und trat zur Seite, damit Ben seinen Platz einnehmen konnte. Er war so erschöpft, dass er sich einen Moment lang gegen die Wand lehnen musste und mit geschlossenen Augen abwartete, bis der Schwächeanfall vorüberging. Und auch die anderen boten keinen besseren Anblick als er. Chris hockte mit angezogenen Knien neben ihm auf dem Boden und starrte ins Leere, während Juan und André bereits hinter Ben Aufstellung genommen hatten, um ihn abzulösen.

Ihre einzige Hoffnung waren Trautman und Singh. Die beiden beteiligten sich nicht am Pumpen, sondern versuchten fieberhaft ein Ventil zu improvisieren, mit dem sie die Luft aus den mitgebrachten Pressluftflaschen in die beschädigte Sektion des Schiffes pressen konnten. Bisher jedoch waren ihre Bemühungen von keinem Erfolg gekrönt; obwohl die Pressluftflaschen ganz offensichtlich von denselben Leuten konstruiert worden waren wie die NAUTILUS, passten die Anschlüsse doch nicht ganz.

Mike trottete erschöpft zu den beiden Männern hinüber und sah Singh zu, der ebenso verbissen wie vergeblich versuchte, eine Schraube auf ein nicht passendes Gewinde zu drehen. Obwohl es mittlerweile an Bord der NAUTILUS bitterkalt geworden war – ein weiterer Beweis dafür, wie tief sie schon ins Meer hinabgesunken sein mussten –, glänzte Singhs Gesicht vor Schweiß, und Mike glaubte, so etwas wie Angst in seinen Augen zu sehen.

Ein knisterndes Geräusch lief durch den Rumpf der NAUTILUS. Mike schauderte. Es war nicht das erste Mal, dass sie diesen Laut vernahmen, und sie alle wussten, was er bedeutete: Die Stahlplatten des Rumpfes ächzten unter dem Druck des Wassers, der langsam, aber unerbittlich immer größer wurde.

»Das hat keinen Zweck«, sagte Singh erschöpft. Er ließ sich zurücksinken und sofort setzte Trautman die Arbeit an der Schraube fort. Mike ahnte, dass auch die beiden Männer längst begriffen hatten, wie sinnlos ihr Tun war. Sicherlich hätten sie zur Not ein passendes Ventil selbst zusammenstellen können – es gab die dazu benötigten Werkzeuge und Materialien in ausreichender Menge an Bord des Schiffes – aber auch dazu fehlte ihnen einfach die Zeit.

Mike warf einen Blick über die Schulter zurück und sah, dass André wieder an der Pumpe stand und den Schwengel bediente. Bald würde er wieder an der Reihe sein. Aber er war nicht sicher, ob er überhaupt noch genügend Kraft dazu hatte. Seine Hände bluteten und seine Arme schienen Zentner zu wiegen. Sein Blick fiel auf die Tür, hinter der sich der mit Wasser überflutete Teil der NAUTILUS befand, und für einen Moment fühlte er einen absurden Zorn auf die eingedrungenen Wassermassen dort drüben. Nach allem, was er erlebt hatte, empfand er es einfach als lächerlich, sterben zu sollen, nur weil das Schiff einen vergleichsweise winzigen Riss abbekommen hatte.

»Wir könnten noch versuchen einen Flansch anzuschweißen«, sagte Singh.

Trautman, dem diese Worte galten, überlegte einen Moment, dann schüttelte er müde den Kopf. »Das ist zu gefährlich«, antwortete er. »Ein einziger Funke und die Flasche explodiert wie eine Bombe.«

»Und wo ist der Unterschied?«, fragte Ben matt. Trautman sah in fragend an und Ben fügte hinzu: »Wir sterben sowieso. Es spielt keine Rolle, ob jetzt oder in einer halben Stunde. Versuchen Sie es.«

Aber Trautman blieb bei seiner Weigerung. »Das wäre Selbstmord«, sagte er. Er deutete auf die Pressluftflasche, dann auf den nicht passenden Anschluss neben der Tür. »Selbst wenn ein Wunder geschieht und uns das Ding nicht um die Ohren fliegt – wir brauchen mindestens ein Dutzend Flaschen, um das Wasser aus dem Schiff zu pressen. Die Zeit reicht einfach nicht. Es ist zum Verrücktwerden!« Sein Gesicht verdüsterte sich. »Wir haben die Rettung praktisch in Händen und alles, was fehlt, ist ein simples, kleines Ventil.«

»Bauen Sie es aus der Treibstoffpumpe aus«, sagte Mike. »Im unteren Geräteraum steht ein Ersatzgerät, das im Moment nicht gebraucht wird.«

Trautman starrte ihn an. Singh, der sich schon wieder an der Schraube zu schaffen machte, ließ die Hände sinken und hob den Blick und Mike selbst konnte spüren, wie sich ein überraschter Ausdruck auf seinem eigenen Gesicht breit machte. Er hatte überhaupt keine Ahnung, warum er das gesagt hatte.

»Jetzt dreht er völlig durch«, sagte Ben. »Was ist los? Hat dir die Todesangst den Verstand geraubt?«

Mike antwortete nicht. Bis zu dieser Sekunde hatte er nicht einmal gewusst, dass es das Gerät, von dem er sprach, an Bord der NAUTILUS überhaupt gab, geschweige denn, welche Art von Anschlüssen es besaß. Auch Trautman sah ihn an, als zweifle er ernsthaft an seinem Verstand – aber plötzlich sprangen Singh und er wie auf ein gemeinsames Kommando hin auf und stürzten davon. Mike hörte ihre Schritte auf der metallenen Treppe nach unten poltern.

Es dauerte nicht einmal fünf Minuten, bis Trautman und Singh zurückkamen. Mikes Augen weiteten sich ungläubig, als er das kleine Metallstück sah, das Trautman wie einen kostbaren Edelstein in beiden Händen vor sich her trug. Verblüfft beobachtete er, wie Trautman das Ventil mit einer einzigen, raschen Bewegung am Ende der Pressluftflasche befestigte und es mit einem hörbaren Klicken einrastete.

»Es passt!«, keuchte Trautman. »Gott im Himmel, es ... es *passt*!« Er fuhr herum. »Hört auf zu pumpen! Ich brauche den Schlauch – schnell!«

Binnen einer Minute hatten sie die schwere Handpumpe abmontiert und das Ende des Druckschlauches mit dem Ventil verbunden. Trautman drehte an einem kleinen Rad an der Flasche und sie alle konnten hören, wie sich die Pressluft zischend ihren Weg durch den Schlauch und in die Kammer hinter dem geschlossenen Stahlschott bahnte.

»Es passt!«, sagte Trautman noch einmal. Fassungslos schüttelte er den Kopf, starrte Mike kurz an und wandte sich dann den anderen zu.

»Ihr helft Singh!«, befahl er. »Pumpt so viel Luft in den Raum, wie es nur geht. Mike und ich gehen auf die Brücke. Ich schicke ihn wieder zu euch, wenn ihr aufhören könnt. Komm!«

Das letzte Wort galt Mike. Trautman wartete nicht ab, ob er seinen Befehl befolgte, sondern war bereits wieder auf dem Absatz herumgewirbelt und rannte abermals die Treppe hinunter.

Mike folgte ihm, so schnell er konnte. Ihm schwindelte. Er musste sich an der Wand abstützen, um auf der schmalen Treppe nicht den Halt zu verlieren. Mit schleppenden, kleinen Schritten legte er den Weg zum Kommandoraum zurück, wo Trautman bereits wieder hinter den Kontrollen des Schiffes stand und fieberhaft an den Schaltern und Hebeln hantierte. Als Mike eintrat, sah er kurz auf und wandte sich wieder dem Schalttisch zu.

»Wie tief sind wir schon?«, erkundigte sich Mike.

»Viertausend Meter«, antwortete Trautman. »Und wir sinken immer noch.«

Viertausend Meter! Mike spürte ein eisiges Frösteln. Plötzlich vermeinte er das Gewicht der Millionen und Abermillionen

Tonnen von Wasser über seinem Kopf fast körperlich zu spüren. Und wie um seine Angst noch zu erhöhen, hörte er in diesem Augenblick wieder jenes schreckliche, knirschende Geräusch, als stöhne die NAUTILUS unter den Schmerzen, die ihr der unvorstellbare Wasserdruck zufügte.

»Schaffen wir es?«, fragte er leise.

Trautman hob zur Antwort nur die Schultern. »Ich glaube, wir sinken schon nicht mehr ganz so schnell«, murmelte er. »Aber ich weiß nicht, ob es reicht.«

Die Zeit schien stehen zu bleiben. Mike hatte das Gefühl, dass die Sekunden träge verstrichen, während die Zahlen auf dem Tiefenmesser auf Trautmans Pult nur so dahinzurasen schienen. Die NAUTILUS sank auf viereinhalbtausend, dann auf fünftausend Meter, bis auch Mike zu erkennen glaubte, dass sich die Geschwindigkeit ihres Absinkens allmählich verlangsamte.

»Fünfeinhalbtausend«, murmelte Trautman. Er schüttelte den Kopf. »Unglaublich.«

»Wie tief sind Sie jemals zuvor getaucht?«, fragte Mike. Trautman zögerte einige Sekunden.

»Fünfhundert Meter«, sagte er dann.

»Dann sind wird jetzt elfmal so tief«, murmelte Mike.

»Unglaublich«, sagte Trautman noch einmal. »Ich hätte es nicht für möglich gehalten. Das Schiff hätte längst zerbrechen müssen.«

Mike wollte antworten, doch in diesem Moment ging eine spürbare Erschütterung durch den Rumpf der NAUTILUS und er hielt erschrocken den Atem an, sicher, in der nächsten Sekunde das furchtbare Geräusch berstender Stahlplatten zu hören, gefolgt von dem Rauschen und Sprudeln, mit dem sich das Wasser seinen Weg ins Innere des Schiffes bahnte.

Doch das geschah nicht. Stattdessen hörten die Zahlen auf dem Tiefenmesser auf sich zu bewegen. Bei etwas mehr als fünfeinhalbtausend Metern Wassertiefe hörte ihr Sturz auf. Die NAUTILUS stand still.

»Ich glaube, wir schaffen es«, flüsterte Trautman atemlos. »Sie haben das Wasser hinausbekommen. Wir sinken nicht mehr.«

»Dann ... dann sind wir gerettet?«, fragte Mike. »Wir können wieder auftauchen?«

»Noch nicht«, antwortete Trautman nach einem Blick auf seine Instrumente. »Und wenn, dann nur sehr langsam. Dass das Schiff nicht längst wie eine Konservendose zerquetscht worden ist, ist ein Wunder. Ich fürchte, es könnte auseinander reißen, wenn ich die Maschinen zu schnell hochfahre.«

Er schwieg eine Weile, dann sah er auf und blickte Mike nachdenklich an. »Also los«, sagte er. »Raus mit der Sprache. Woher hast du das gewusst? Nicht einmal ich wusste es und ich kenne dieses Schiff wie meine Westentasche.«

Mike hatte die Frage erwartet. Es war ihm klar gewesen, dass sie der einzige Grund war, aus dem Trautman ihn allein mit heruntergenommen hatte, denn es gab hier absolut nichts für ihn zu tun.

»Ich weiß es nicht«, sagte Mike hilflos. »Ich meine, ich ... ich war mir einfach sicher, dass es passen wird. Aber ich habe keine Ahnung, woher ich es wusste.«

»Das klingt nicht sehr überzeugend«, sagte Trautman.

»Aber es ist so«, antwortete Mike hilflos.

»Bitte lüg mich nicht an«, sagte Trautman. »Das ist wirklich nicht der Moment für Geheimnisse.«

»Aber ich weiß es doch nicht!«, antwortete Mike, und vielleicht war es der hörbare Unterton von Verzweiflung in seiner Stimme, der Trautman Abstand von weiteren Fragen nehmen ließ. Mit einem erleichterten Seufzer ließ er sich in seinem Kommandosessel zurücksinken, schloss für einen Moment die Augen und atmete dann tief ein.

Mike wartete einige Sekunden lang mit klopfendem Herzen darauf, dass Trautman eine neue Frage stellte, doch als dies nicht geschah, wandte er sich um und ging langsam zu dem großen Panoramafenster an der Seite des Salons hinüber. Auf der anderen Seite der Scheibe war nichts als Schwärze, eine solch absolute, schattenlose Finsternis, wie Mike sie niemals zuvor erblickt hatte. Trautman hatte die großen Scheinwerfer am Bug der NAUTILUS eingeschaltet, die helle, scharf abgegrenzte Bahnen in die Dunkelheit rissen, ohne dass darin irgendetwas zu erkennen war, aber das Licht schien die sie umgebende Finsternis nur noch zu betonen. Mike suchte vergeblich nach irgendeiner Bewegung, irgendeinem Anzeichen von Leben. Fische oder andere Lebewesen schien es in dieser Wassertiefe nicht mehr zu geben.

Dann glaubte er doch etwas erblicken. Am Rande des Lichtkegels erschien für einen Moment etwas Großes, Massiges, sonderbar Fließendes – doch als er genauer hinsah, war es verschwunden. Wahrscheinlich hatten ihm seine überanstrengten Nerven nur einen Streich gespielt.

Mike stand eine gute Viertelstunde vor dem Aussichtsfenster und starrte in die Dunkelheit, ehe das Geräusch von Schritten in seine Gedanken drang und er sich wieder umdrehte. Unter der Tür des Salons erschien ein zu Tode erschöpft aussehender Singh, gefolgt von vier weiteren Gestalten, die vor Schwäche und Anstrengung mehr hereintaumelten, als sie gingen. Trotzdem war auf ihren Gesichtern der Ausdruck großer Erleichterung zu erkennen.

»Wie sieht es aus?«, fragte Singh.

»Fünftausendvierhundert Meter«, verkündete Trautman. Aus Singhs Gesicht wich jedes bisschen Farbe, aber Trautmans Stimme klang beinahe fröhlich, als er fortfuhr: »Wir steigen bereits wieder. Es geht langsam, aber wir haben wieder Auftrieb.«

»Nemo sei Dank«, flüsterte André, »wir werden die Sonne noch einmal wieder sehen.«

Trautman lächelte flüchtig. »Das wird aber noch eine Weile dauern«, sagte er. »Wir werden mindestens vierundzwanzig Stunden benötigen, ehe wir die Wasseroberfläche erreichen.«

Plötzlich begannen alle durcheinander zu reden. Anstelle von Todesangst und mühsam unterdrückter Panik machte sich eine ebenso heftige Euphorie unter den Jungen breit, sodass Trautman schließlich mit energischer Stimme für Ruhe sorgen musste.

Auch Mike war zutiefst erleichtert. Er fühlte sich immer noch verwirrt und hatte nach wie vor keine Antwort auf die Frage, woher er von dem passenden Ventil gewusst hatte, aber das hatte nun Zeit. Wichtig war jetzt nur, dass sie gerettet waren. Er wandte sich wieder dem Fenster zu und sah hinaus. Trautman hantierte an seinen Hebeln, und die NAUTILUS gehorchte zum ersten Mal seit Stunden wieder den Befehlen des Ruders. Langsam schwang das gewaltige Unterseeboot herum und nahm Fahrt auf. Und für die Dauer von einer Sekunde erblickte Mike jenseits des Fensters, hinter der seit Anbeginn der Zeit währenden Dunkelheit, etwas, was ihm den Atem stocken ließ.

Sechshundert Meter unter ihnen, *sechstausend* Meter unter dem Meeresspiegel, aber so deutlich zu erkennen, dass er fast glaubte, nur die Hand ausstrecken zu brauchen, um sie zu berühren, erhoben sich die Türme einer gewaltigen, hell erleuchteten Stadt.

Als Mike seine Kabine betrat, fand er Astaroth zusammengerollt auf seinem Bett vor. Der Kater sah gelangweilt auf, als Mike sich neben ihn auf die Bettkante sinken ließ, begann jedoch sofort wie eine kleine Nähmaschine zu schnurren, als er ihm das Fell zwischen den Ohren kraulte. Mike war unendlich müde. Jetzt, als die unmittelbare Gefahr vorüber war, spürte er mit doppelter Wucht, welche Anstrengungen der zurückliegende Tag von ihm verlangt hatte. Seine Hände begannen zu zittern und es dauerte eine ganze Weile, bis er sich auch nur so weit wieder in der Gewalt hatte, dass er aus Hemd und Hose schlüpfen und unter die Bettdecke kriechen konnte. Hinter seiner Stirn führten die Gedanken einen wirren Tanz auf. Er hatte keinem der anderen von seiner Entdeckung berichtet, denn er hatte wahrlich keine Lust, sich den Spott der anderen zuzuziehen, wenn er von einer Stadt auf dem Meeresgrund berichtete, die noch dazu er als Einziger gesehen hatte.

Mike begann nun auch unter seiner Decke zu schlottern.

Es war noch immer sehr kalt in der NAUTILUS, aber das war nicht der eigentliche Grund – das Fieber vom vergangenen Tag schien zurückzukehren. Er hatte einen schlechten Geschmack im Mund und seine Stirn fühlte sich heiß an. Astaroth schien zu spüren, dass es ihm nicht gut ging, denn der Kater kam schnurrend über die Bettdecke herangekrochen, rieb seinen Kopf an Mikes heißer Wange und schlüpfte dann zu ihm unter die Decke. Die Berührung seines weichen Felles tat ungemein gut, und auch wenn es nur ein Tier war, Mike hatte das Gefühl, nicht mehr allein zu sein, sondern einen Freund zu haben. So dauerte es nicht einmal eine Minute, bis er trotz allem wieder eingeschlafen war.

Und seinen Fiebertraum aus der vergangenen Nacht fortsetzte. Wieder befand er sich im Körper eines vierbeinigen, schnellen Räubers, der auf der Suche nach Beute durch einen bizarren Dschungel streifte, wie es ihn nirgendwo auf der Welt gab. Wieder unterschied sich sein Denken völlig von dem eines Menschen, war mehr ein Fühlen, ein instinktives Handeln als Entscheiden, und statt all der Sorgen und Gedanken eines Menschen waren in seinem Kopf nur mehr Jagdfieber, Hunger und eine angeborene Vorsicht vor anderen, noch gefährlicheren Räubern.

Dann aber änderte sich etwas, aus dem Traum wurde ein Albtraum. Etwas geschah mit ihm. Der Jäger wurde zum Gejagten, er hatte seltsame Visionen von großen, lauten, plumpen Wesen, die ihn hetzten, ihn verfolgten und unbarmherzig in die Enge trieben, bis es keinen Ausweg mehr gab, obwohl er viel schneller, geschickter und klüger als jeder Einzelne von ihnen war. Er war plötzlich gefangen und konnte sich nicht mehr rühren. Wesen waren um ihn herum, die Mike als Menschen erkannte, ohne dass es ihm möglich war, dieses Erkennen auf das Geschöpf zu übertragen, in dessen Leib er steckte. Allen voran war ein uralter, weißhaariger Mann mit einem Gesicht, das Mike als gütig und wissend erschienen wäre, seinen tierischen Traumkörper jedoch schier in Panik versetzte. Er war in ein helles, mit sonderbar beunruhigend anmutenden Mustern besticktes Gewand gekleidet, und er tat irgendetwas mit ihm. Auch war er nicht mehr in seiner gewohnten, grünen Dschungelwelt, sondern in einer kalten, aus blitzendem Metall und hartem Stein, aus hellem Licht und tausend fremdartigen, Angst machenden Dingen bestehenden Umgebung.

Und dann – wieder hatten sie etwas mit ihm getan, was er nicht verstand, aber das ihm Schmerzen und noch viel größere Furcht bereitete – änderte sich etwas. Nicht in seiner Umgebung. Nicht mit seinem Körper; mit seinem Geist. Aus dem Tier wurde ein denkendes Wesen. Mike war noch immer im Körper des vierbeinigen Jägers gefangen, aber plötzlich waren all die vertrauten Muster wieder da, plötzlich war da mehr als Instinkte und angeborene Verhaltensweisen, mehr als ein Denken, das gerade ausreichte, eine Beute zu erkennen und zu jagen. Es war, als wäre das Wesen, dessen Gast er im Traum war, auf eine höhere Ebene des Seins gehoben worden.

Wieder erschien der alte Mann vor ihm. Er begann mit ihm zu reden und nun zum ersten Mal waren die Geräusche, die er machte, keine unverständlichen, Furcht einflößenden Laute mehr, sondern Worte, und er verstand sie, wenn auch nur ihrer Bedeutung nach, nicht ihrem Sinn.

»Mir bleibt nicht genug Zeit, dich in alles einzuweisen«, erklärte der alte Mann. »Unsere Welt ist dem Untergang geweiht, doch einer von uns wird überleben. Deine Aufgabe wird es von nun an sein, über die letzte Prinzessin des Alten Geschlechts zu wachen. Dein Schrecken wird bald vergehen und du wirst erkennen, mit welcher Macht wir dich ausgestattet haben, damit du deiner Aufgabe gerecht werden kannst. Du wirst jetzt nicht alles verstehen, aber du wirst dich erinnern und nach und nach alles begreifen.«

Zumindest damit hatte der alte Mann Recht. Er redete lange und schnell, und kaum etwas von seinen Worten war verständlich oder schien gar einen Sinn zu ergeben. Und doch vergaß er nichts davon.

An diesem Punkt wachte Mike für einen Moment auf. Er fand sich fiebernd und geschüttelt von einander abwechselnder Kälte und Hitze unter seiner Bettdecke in der dunklen Kabine, und Astaroth hatte sich so eng an ihn gekuschelt, wie es nur ging, sodass es ihm für einen Moment fast so vorkam, als wären sie zu einem einzigen Wesen verschmolzen. Und noch bevor er diesen Gedanken weiter verfolgen und vielleicht erkennen konnte, welch tiefere Wahrheit in diesem Vergleich steckte, sank er erneut in Schlaf und sein Traum, er setzte sich fort.

Er war nicht mehr in der Gewalt des alten Mannes. Der Alte, von dem er nun wusste, dass er der Letzte eines einst mäch-

tigen Geschlechts von Magiern gewesen war, war gegangen, und er war allein mit anderen Menschen, jedoch nicht mehr gefangen. Trotzdem versuchte er nicht zu fliehen und in seine angestammte Heimat zurückzukehren. Um ihn herum waren Bilder unvorstellbarer Zerstörung. Der Himmel hatte sich verdunkelt, Feuer und Schwefel regneten auf die Erde und vom Meere her rannten turmhohe Wellenberge gegen die Küste. Ein unglaublicher Sturm war losgebrochen, gegen den er sich nur noch mit Mühe halten konnte, und er hörte ein beständiges Grollen, Rumpeln und Bersten, als bräche die Erde unter seinen Füßen zusammen.

An diesem Punkt zerbrach die bis dahin durchgehende Handlung in tausend einzelne Bilder der Zerstörung, des Chaos, die den Untergang einer ganzen Welt und das Ende eines ganzen Volkes zeigten. Und irgendwann, nach Ewigkeiten, wie es Mike schien, sank sein gepeinigter Geist erschöpft auf eine tiefere Ebene des Schlafes herab, die keinen Platz mehr für Träume bot.

Wieder wurde Mike unsanft aus dem Schlaf gerissen. Singh musste ihn diesmal sogar an der Schulter rütteln, um ihn aufzuwecken, und wieder fiel es Mike schwer, in die Wirklichkeit zurückzufinden. Obwohl viel bizarrer und am Schluss geradezu chaotisch, war der Traum viel realer gewesen als das letzte Mal; und was er in ihm hinterließ, das war nicht das Gefühl, einen Traum gehabt zu haben, sondern vielmehr sich an etwas tatsächlich Erlebtes zu erinnern.

»Ihr müsst aufwachen, Herr«, sagte Singh erneut.

Mit einem ärgerlichen Brummen versuchte Mike die Hand von seiner Schulter abzuschütteln, doch der Sikh ließ nicht locker und schließlich richtete sich Mike schlaftrunken auf. »Und wenn nicht, was dann?«, maulte er. »Willst du dann wieder auf mich einschlagen?«

Singh lächelte flüchtig und rüttelte weiter an Mikes Schulter. Etwas bewegte sich unter der Decke. Singh runzelte überrascht die Stirn, als ein schwarzer, pelziger Kopf unter der Bettdecke auftauchte und zuerst ihn, dann Mike vorwurfsvoll aus seinem einzigen Auge anblickte. Astaroth schien über die Störung auch nicht gerade erbaut zu sein. Mike strich ihm flüchtig über den Kopf, ehe er sich wieder an Singh wandte.

»Was ist denn?«, fragte er missgelaunt. »Darf ich denn nicht mal ein paar Minuten schlafen?«

»Ihr wolltet geweckt werden, Herr, bevor wir auftauchen. Es wird gleich so weit sein.«

»So schnell?«

Singh zögerte. »Wir mussten sogar sehr langsam auftauchen«, antwortete er schließlich.

»Aber ...« Mike runzelte die Stirn, gleich darauf musste er herzhaft gähnen und rieb sich den Schlaf aus den Augen. »Wie lange habe ich denn geschlafen?«

»Annähernd vierundzwanzig Stunden, Herr«, antwortete Singh.

»Vierundzwanzig Stunden?« Mike fuhr in die Höhe, sodass der Kater mit einem erschrockenen Laut von seinem Bett hüpfte und aus der Kabine verschwand. »Wieso habt ihr mich so lange schlafen lassen?«

»Ihr hattet Fieber, Herr«, antwortete Singh. »Trautman und ich hielten es für besser, Euch ausruhen zu lassen. Und es gab nichts für Euch zu tun.«

Vierundzwanzig Stunden?, dachte Mike. Beim Aufwachen hatte er das Gefühl gehabt, kaum länger als eine halbe oder höchstens eine Stunde geschlafen zu haben, aber jetzt merkte er, dass seine Benommenheit wohl nur eine Folge des langen Schlafes war. Abgesehen von einem dumpfen Druck im Kopf, der es ihm schwer machte, sich zu konzentrieren, begann er sich ausgeruht zu fühlen. »Gut. Ich komme gleich.«

Er schwang die Beine aus dem Bett und stand auf und in diesem Moment drang ein wütendes Gebrüll durch die offen stehende Tür in seine Kabine. Mike tauschte einen fragenden Blick mit Singh. Das Gebrüll wurde lauter, es war Bens Stimme, die eine wahre Schimpfkanonade auf ein gewisses »schwarzes Mistvieh« losließ, dem er »das Fell über die Ohren ziehen« und es als »Nierenwärmer benutzen« wollte. Singh sah verwirrt drein, während in Mike ein gewisser Verdacht emporstieg, als sie sich der Tür näherten.

Aus seiner Vermutung wurde Gewissheit, als Ben barfuß aus seiner Kabine herausstürmte. Die Schuhe hielt er mit beiden Händen so weit von sich fortgestreckt, wie es nur ging. »Ich bringe dieses einäugige Ungeheuer um!«, brüllte er, während er mit weit ausgreifenden Schritten die Toilette ansteuerte. »Ich reiße ihm den Kopf ab und brate ihn mir zum Frühstück, das schwöre ich!«

»Was hat er denn?«, wunderte sich Singh.

Mike hatte alle Mühe, ein Grinsen zu unterdrücken, zumal

das »einäugige Ungeheuer« in diesem Moment wieder in die Kabine geflitzt kam und sich auf seinem Bett zusammenrollte, als wäre nichts geschehen.

»Keine Ahnung«, sagte er fröhlich. »Wahrscheinlich hat er wieder mal schlechte Laune. Das ist ja bei Ben nichts Außergewöhnliches.« Er machte eine Handbewegung zur Decke hinauf. »Sag Trautman, dass ich gleich komme. Ich will mich nur rasch anziehen.«

Singh schenkte ihm, dann dem Kater einen fragenden Blick, sagte aber nichts und verließ die Kabine. Mike trat wieder an sein Bett und begann sich anzuziehen. Astaroth sah ihm aufmerksam zu und leckte sich ab und zu die Vorderpfoten. Mike fiel erst jetzt auf, dass der Kater nicht mehr wie eine Mumie auf Urlaub aussah. Der Verband war verschwunden.

»Das war nicht besonders nett, was du da mit Ben gemacht hast«, sagte Mike. »Ich meine: Keiner von uns kann ihn gut leiden, aber das ist doch kein Grund, seine Schuhe als Toilette zu benutzen.«

Wäre es dir lieber, ich nehme deine?

Hätte ihm jemand warnungslos einen Eimer eiskaltes Wasser über den Kopf gestülpt, Mike hätte kaum fassungsloser sein können. Aus ungläubig aufgerissenen Augen starrte er den Kater an, der für einen Moment aufgehört hatte sich die Pfoten zu lecken und seinen Blick aus seinem einzigen, bernsteinfarbenen Auge spöttisch erwiderte.

»Wie?«, ächzte Mike.

Ich habe gefragt, ob ich lieber deine Schuhe benutzen soll, wiederholte die Stimme. Mike *hörte* sie nicht wirklich. Vielmehr schien sie direkt in seinem Kopf zu erklingen, als spräche der Kater auf eine Weise mit ihm, die den Umweg über das gesprochene Wort nicht mehr nötig machte.

»Ich ... ich träume«, stammelte er. »Ich muss den Verstand verloren haben!«

Um das zu klären, müssten wir erst einmal darüber reden, was ihr Menschen unter dem Wort Verstand versteht, erwiderte *Astaroth. Aber du träumst nicht, wenn es dich beruhigt.*

»Du ... du kannst sprechen?«, fragte Mike.

Hat aber auch lange gedauert, bis du das erkannt hast, erwiderte der Kater und gähnte herzhaft, wie um zu zeigen, wie sehr ihn das Gespräch langweilte. *Obwohl ... Sprechen ist vielleicht nicht ganz das richtige Wort, aber es wäre wohl zu kompliziert, dir das zu erklären. Schließlich bist du nur ein Mensch und da sollte man vielleicht nicht ganz so hohe Anforderungen stellen.*

»Aber wie ... ich meine, wie kannst du ...«

Aber *und* Wie, *eure Lieblingsworte,* erklang erneut die Stimme in seinen Gedanken. Diesmal hatte sie eindeutig einen spöttischen Unterton. *Kaum fangt ihr an mal etwas zu begreifen, schon folgt garantiert ein* Aber *oder ein* Wie. *Wenn man sich bei euch Menschen auf irgendetwas verlassen kann, dann scheint es das zu sein. Nach allem, was du nun schon weißt, hatte ich gehofft, wir könnten uns diesen Unsinn sparen, aber wenn es denn sein muss ...*

Es war das erste Mal in seinem Leben, dass Mike eine Katze seufzen hörte.

»Die Träume«, murmelte Mike ungläubig. »Das waren nicht bloß Träume. Das ist wirklich mit dir passiert.«

Allmählich scheinst du ja tatsächlich zu kapieren. Vielleicht besteht ja doch noch Hoffnung für dich, dass du dein Gehirn benutzen lernst.

Mike entschloss sich, die vorlauten Worte des Katers zu ignorieren. Zu fantastisch war das, was er erlebte. »Vorhin, ich meine gestern, das warst auch du, der mir erklärt hat, dass sich die Station selbst gesprengt hätte, nicht wahr?«, stieß er hervor.

Sieh an, das Ding, das du da auf deinen Schultern trägst, schwingt sich ja zu wahren Höchstleistungen auf, erwiderte Astaroth spitz. *Ja, natürlich war ich das. Ihr wart ja zu blöd, um die Wahrheit zu erkennen. Da konnte ich mich nicht mehr beherrschen und hätte mich fast verplappert. Aber ich hielt es für besser, erst einmal abzuwarten, bis du mehr weißt, bevor ich dir zu viel verrate. Ich bin auch jetzt noch nicht sicher, dass es wirklich* klug *war,* fügte er nach einer winzigen Pause hinzu.

»Kannst du dich auch mit den anderen verständigen?«, erkundigte sich Mike.

Nein, antwortete Astaroth einsilbig.

Mike blickte auf seine rechte Hand. Die Bisswunde hatte wieder zu jucken begonnen und plötzlich begriff er. »Es liegt an dem Biss, nicht wahr?«

Diesmal antwortete Astaroth gar nicht. Wahrscheinlich hielt er es für unter seiner Würde, auf eine so offensichtliche Tatsache einzugehen.

»Wer bist du eigentlich?«, murmelte Mike. »*Was* bist du?«

Ein lautloses Lachen erscholl in seinem Kopf. *Die korrekte*

Bezeichnung wäre felis rex, *aber zerbrich dir nicht den Kopf darüber, was das heißen soll,* antwortete der Kater. *Astaroth mag für den Moment genügen. Und jetzt sollten wir zu deinen Freunden gehen, ehe sie zurückkommen und dich mit einer Katze reden sehen.*

Etwas widerwillig verließ Mike seine Kabine und machte sich auf den Weg zum Salon. Er war der Letzte, der eintraf. Alle anderen hatten sich – mit Ausnahme Trautmans, der hinter seinen Kontrollen stand – vor dem großen Aussichtsfenster versammelt und sahen hinaus. Die NAUTILUS war noch immer von vollkommener Schwärze umgeben, aber weit über ihnen war ein mattgrauer Schimmer zu erkennen: die Wasseroberfläche, der sie sich allmählich näherten.

Als Mike den Salon betrat, wandten sich alle um und sahen ihn an. Niemand sagte ein Wort, aber es war etwas ganz Bestimmtes in ihren Blicken, das Mike klarmachte, dass sie über ihn gesprochen hatten.

Der Kater war ihm gefolgt und Bens Miene verdüsterte sich, als er ihn gewahrte. Aber er beherrschte sich und beließ es dabei, den Kater mit Blicken regelrecht aufzuspießen.

»Wie lange noch?«, fragte Mike.

»Ein paar Minuten«, antwortete Trautman. »Wir tauchen ziemlich schnell auf. Fast schon zu schnell. Irgendwas ... stimmt nicht.« Er lachte nervös. »Die gute alte NAUTILUS scheint es auch nicht mehr erwarten zu können, die Sonne wieder zu sehen.«

»Es wird auch allmählich Zeit«, sagte Juan. »Ich weiß schon gar nicht mehr, wie Tageslicht aussieht.« Er stockte, runzelte die

Stirn und sog übertrieben schnüffelnd die Luft durch die Nase ein. »Was riecht denn hier so komisch?«

Alle sahen sich einen Moment lang verwirrt an, aber schließlich konzentrierten sich ihre Blicke auf Ben – genauer gesagt, auf Bens Schuhe.

Ben lief dunkelrot an. Seine Augen schossen unsichtbare Blitze in Astaroths Richtung, aber er schwieg.

»Das da oben«, sagte Chris plötzlich. Er deutete auf einen dunklen, lang gestreckten Schatten, der sich verschwommen gegen das Licht abhob. »Was ist das?«

Alle blickten in die Richtung, in die sein ausgestreckter Zeigefinger wies. »Das ... ist die LEOPOLD!«, sagte Juan schließlich. Seine Stimme wurde schrill, als er sich zu Trautman herumdrehte. »Aber Sie fahren ja direkt darauf zu!«

Auch Mike wandte sich vom Fenster ab. Trautman hantierte mit verbissenem Gesichtsausdruck am Kommandotisch. »Irgendwas stimmt da nicht«, sagte er. »Das Schiff reagiert nicht. Ich habe überhaupt keine Kontrolle mehr über die NAUTILUS!«

Also, die Prinzessin befindet sich an Bord, wisperte Astaroths Stimme in Mikes Gedanken. Mike sah den Kater an, dann Trautman, der immer verzweifelter versuchte die Herrschaft über die NAUTILUS zurückzuerlangen. Er fragte sich, ob der Kater etwas damit zu schaffen hatte, aber wenn Astaroth die entsprechende Frage in seinen Gedanken las, so zog er es vor, nicht darauf zu reagieren.

»Tun Sie doch etwas, Trautman!«, sagte nun auch André. »Wir laufen ihnen ja direkt vor die Kanonen!«

»Ich versuche es ja«, antwortete Trautman. Seine Stimme

klang jetzt eindeutig verzweifelt. Er hämmerte regelrecht auf den Kontrollen herum. »Das Schiff gehorcht mir nicht mehr.«

»Dann müssen wir kämpfen«, sagte Ben grimmig. Er ballte die Fäuste. »Lebend bekommen sie mich jedenfalls nicht!«

»Zumindest nicht bei klarem Verstand«, fügte Juan hinzu. Er tippte sich bezeichnend gegen die Schläfe und wandte sich dann wieder dem Anblick der immer schneller näher kommenden LEOPOLD zu.

»Vielleicht haben wir noch eine Chance«, sagte Singh. »Sie können unmöglich wissen, dass wir kommen. Vielleicht können wir ihnen einfach davonfahren, ehe sie überhaupt begreifen, was los ist.« Er sah Trautman an. »Sind wir schnell genug dazu?«

»Unter normalen Umständen vielleicht«, antwortete Trautman. »Aber so ...« Er hörte auf, wie wild an seinen Kontrollen zu hantieren, und seufzte tief. »Das Schiff gehorcht mir nicht mehr«, wiederholte er. »Ich weiß nicht, was los ist. Ich bin mit meinem Latein am Ende. Ich fürchte, wir können nur noch eines tun – aufgeben.«

»Das meinen Sie nicht ernst!«, protestierte Ben. »Wir müssen kämpfen. Singh hat es gesagt: Wir haben den Vorteil der Überraschung auf unserer Seite. Sie wissen nicht, dass wir kommen. Mit einem bisschen Glück können wir sie torpedieren, bevor sie überhaupt merken, dass wir da sind.«

Trautman würdigte ihn keiner Antwort und auch Mike drehte sich wortlos um und sah wieder aus dem Fenster auf den immer größer werdenden Schatten. Ganz davon abgesehen, dass Trautman niemals zugestimmt hätte, die LEOPOLD zu torpedieren und damit das Leben von mehr als tausend Menschen zu riskieren – irgendetwas sagte ihm, dass es nicht funktionieren würde. Er wusste, dass ihnen nur noch eine einzige Möglichkeit blieb.

Trautman sprach den Gedanken laut aus. »Juan, Chris«, sagte er. »Geht bitte hinauf in den Turm. Sobald wir aufgetaucht sind, hisst ihr die weiße Fahne. Wir ergeben uns.«

Kapitän Winterfeld persönlich erwartete sie, als sie über eine Strickleiter an Bord der LEOPOLD gelangten. In seinem Gesicht war kein Triumph zu lesen, keine hämische Genugtuung, nichts von alledem, was Mike erwartet hatte. Stattdessen zeigte der Kapitän nur großen Ernst, als er auf Mike zutrat, der als Erster über die Reling des Kriegsschiffes kletterte.

»So sehen wir uns also wieder«, sagte er. »Ich wusste, dass es früher oder später so kommen würde.«

Mike verzichtete auf eine Antwort, sondern presste Astaroth nur noch etwas fester an sich und begnügte sich damit, Winterfeld finster anzustarren. Dieser schien ihm das nicht übel zu nehmen. Und wie schon bei seinem ersten unfreiwilligen Aufenthalt auf diesem Schiff, hatte Mike das Gefühl, in Winterfeld einen gefährlichen und äußerst verschlagenen Gegner gefunden zu haben – aber trotzdem einen Mann, den er auch achten konnte.

Hinter ihm stiegen die anderen auf das Deck und Winterfeld maß sie der Reihe nach mit abschätzenden Blicken, dann machte er eine Handbewegung und ein halbes Dutzend bewaffneter Soldaten trat vor und umringte sie. Die Gewehre der Männer waren nicht direkt auf Mike und die anderen gerichtet, aber ihre Drohung war allen klar.

Schließlich drehte sich Winterfeld wieder zu Mike herum. Als er den Kater bemerkte, den Mike schützend an sich drückte, lächelte er. »Wen haben wir denn da?«, meinte er und beugte sich vor. Er streckte die Hand aus und kraulte Astaroth am Kopf, der sich das anscheinend voller Wohlbehagen gefallen ließ. Mike empfand kurz eine absurde Eifersucht. Hastig setzte er den Kater auf den Boden. Sofort begann das Tier neugierig auf dem Deck herumzustreichen.

Mit einiger Verspätung kam endlich auch Trautman die Strickleiter heraufgeklettert. Ganz wie es sich für einen Kapitän gebührt, hatte er sein Schiff als Letzter verlassen. Seine Miene verdüsterte sich, als er die Soldaten und Winterfeld gewahrte, doch Mike sah in seinen Augen den gleichen Respekt, den er selbst Winterfeld entgegenbrachte. Irgendwie, dachte er, waren sich die beiden Männer sehr ähnlich.

»Sie müssen Trautman sein«, sagte Winterfeld. »Paul hat mir von Ihnen erzählt.« Er trat dem alten Mann entgegen und streckte die Hand aus, und er tat es auf seine Art, die die Geste kein bisschen herablassend erscheinen ließ, nicht die eines Siegers dem Besiegten gegenüber, sondern ein Ausdruck der Achtung. Mike war nicht überrascht, als Trautman die Hand nahm und kurz und kräftig drückte.

»Paul!«, sagte Ben. »Also hat diese kleine Ratte doch geredet! Aber das war schließlich zu erwarten.«

»*Die kleine Ratte,* wie du ihn nennst«, entgegnete Winterfeld ruhig, »ist immerhin mein Sohn, also überlege dir lieber, was du sagst.« Er trat einen Schritt zurück und hob ein wenig die Stimme. »Und wenn es euch beruhigt: Er hat mir leider nicht an-

nähernd so viel verraten, wie ich mir gewünscht hätte. Er betrachtet euch nach wie vor als seine Freunde.«

»O ja, er ist ein richtiger Freund«, höhnte Ben. »Wirklich, solche Freunde habe ich mir immer gewünscht – dann braucht man nämlich keine Feinde mehr.« Er sah Winterfeld herausfordernd an, und trotz des Zorns, den seine Worte in Mike wachriefen, musste er Bens Mut bewundern. »Was haben Sie jetzt mit uns vor?«, fragte Ben. »Lassen Sie uns gleich erschießen oder liefern Sie uns mitsamt der NAUTILUS dem Flottenkommando aus?«

Winterfeld schüttelte den Kopf. »Weder das eine noch das andere«, antwortete er ruhig. »Ich habe nicht vor, die NAUTILUS irgendjemandem auszuliefern, auch nicht der deutschen Marine.«

»Ach?«, fragte Ben spitz. »Und wer soll das glauben?«

Mike versetzte ihm einen Ellbogenstoß in die Seite, der ihn verstummen ließ, und Winterfeld lächelte ihm kurz zu, bevor er fortfuhr: »Ich fürchte sogar, dass mein Kaiserreich nicht besonders gut auf mich zu sprechen ist und mich vor ein Kriegsgericht stellen würde, wenn ich so dumm wäre, zurückzugehen.«

»Soll das heißen, dass das alles hier –«, begann Trautman, wurde aber von Winterfeld unterbrochen, der die Hand hob und nickte.

»– ganz allein auf meine Verantwortung hin geschehen ist, ganz recht. Ja. Niemand in Berlin weiß, was ich hier tue.«

»Also sind Sie nichts als ein gemeiner Pirat«, sagte Ben.

»Das Wort Dissident wäre mir lieber«, antwortete Winterfeld betont.

»Und was halten Sie von dem Begriff Deserteur?«, fragte Mike. »Das ist es doch, was Sie getan haben, nicht wahr? Sie sind desertiert, zusammen mit dem gesamten Schiff und seiner Besatzung. Wie haben Sie es geschafft, die Soldaten zu überreden? Sie müssen wissen, dass –«

Mit einer heftigen Handbewegung schnitt ihm Winterfeld das Wort ab. »Du enttäuschst mich, Michael«, sagte er, wobei er wieder in die deutsche Aussprache seines Namens zurückfiel, was Mike vom ersten Moment an geärgert hatte. »Hat dein Vater die NAUTILUS vielleicht der indischen Regierung übergeben? Ich habe ihn nie kennen gelernt, aber nach allem, was ich über ihn gehört habe, haben wir einiges gemeinsam. Genau wie er glaube ich nicht daran, dass das Erbe der Atlantischen Kultur irgendeinem Land in die Hände fallen sollte. Diese Macht ist zu gewaltig, um von einer einzelnen Nation kontrolliert zu werden.«

»Dann tun Sie das lieber, wie?«, sagte Trautman.

Winterfeld schüttelte den Kopf. »Sie müssen mich wirklich für sehr dumm halten, wenn Sie glauben, dass es mir auf *Macht* ankäme. Außerdem ist diese Vorstellung naiv. Nicht einmal mit der NAUTILUS könnte man die ganze Welt erobern. Nein, meine Ziele sind völlig anderer Art. Aber wir werden uns später noch darüber unterhalten und ich hoffe, dass Sie dann zumindest einen Teil dessen, was Sie über mich denken, berichtigen können. Wer weiß, vielleicht werden wir sogar Verbündete.«

»Niemals«, erwiderte Trautman.

Winterfeld lächelte auf eine sonderbare Weise. »Das ist ein Wort, mit dem man äußerst sparsam umgehen sollte«, sagte er.

»Vermutlich liegen unsere Ziele gar nicht so weit auseinander, wie Sie jetzt annehmen.«

»Ich glaube Ihnen kein Wort!«, fuhr Ben auf.

Winterfeld schenkte ihm einen verächtlichen Blick. »Weißt du, mein Junge, es ist mir ziemlich egal, was du glaubst und was nicht«, sagte er kühl. »Es wäre mir nur lieber, wenn du dich etwas beherrschen könntest. Paul hat mir einiges über dich erzählt. Du bist gar nicht so dumm, wie du gerne tust. Wenn du lernst, dein Temperament im Zaum zu halten, dann –«

Er stockte mitten im Wort. Seine Augen wurden groß und Mike konnte sehen, wie sein Gesicht blass wurde, als er langsam an sich heruntersah. Und als Mikes Blick dem seinen folgte, verstand er auch, warum.

Astaroth, der am Anfang neugierig auf dem Deck herumgestrichen war, hatte es sich auf Winterfelds Füßen bequem gemacht. Jetzt war er aufgestanden und schritt mit würdevoll erhobenem Haupt davon. Winterfelds spiegelblank polierte Stiefel standen plötzlich in einer sich allmählich ausbreitenden, übel riechenden Pfütze.

»Das Tier hat Geschmack«, sagte Ben grinsend.

Winterfelds Lippen bebten vor Zorn. Eine Sekunde lang war Mike fest davon überzeugt, dass er nun doch die Beherrschung verlieren würde, aber dann gab er sich einen sichtbaren Ruck und zwang sich sogar zu einem – wenn auch nicht völlig überzeugenden – Lächeln. »Bringt unsere Gäste in ihre Quartiere«, sagte er zu seinen Männern. »Und besorgt eine Kiste für diesen Kater.«

Mike unterdrückte sein schadenfrohes Grinsen nicht, er ließ

sich in die Hocke sinken und streckte die Hand aus. Sofort kam Astaroth herbei, war mit einem Satz auf seinem Arm und kuschelte sich an seine Brust, wo er lautstark zu schnurren begann.

»Eine Katze auf einem Unterseeboot – originell«, sagte Winterfeld. »Wo kommt das Tier überhaupt her?«

»Wir haben es auf dem Meeresboden gefunden«, antwortete Mike. »Er ist in Wirklichkeit ein Meerkater und sieht nur so aus wie eine normale Katze.«

Winterfeld antwortete nicht, aber er sah ihn so wütend an, dass Mike es vorzog, nicht weiterzusprechen.

Von den deutschen Marinesoldaten eskortiert, wurden sie tief hinab in den Rumpf der LEOPOLD und in dieselben einander gegenüberliegenden Kabinen geführt, in denen sie bereits ihren ersten unfreiwilligen Aufenthalt auf dem Schiff verbracht hatten. Mike teilte seine Kabine mit Singh und – zu seinem Leidwesen – Ben, der mit dieser Einteilung ebenfalls nicht einverstanden war, zumal sich auch Astaroth bei ihnen befand.

»Dieser verdammte Deutsche«, begann Ben zu schimpfen, kaum dass sie wieder allein waren. »Hättet ihr damals auf mich gehört und die NAUTILUS der englischen Marine übergeben, säßen wir jetzt nicht hier!«

Kannst du diesen plappernden Schwachkopf nicht irgendwie zum Verstummen bringen?, erkundigte sich Astaroth. *Oder darf ich das erledigen?*

»Ach, lass mich doch in Ruhe«, sagte Mike, wohlweislich offen lassend, wen er mit diesen Worten meinte. Er legte sich in eine der Kojen und verschränkte die Hände hinter dem Kopf, während es sich der Kater auf seiner Brust bequem machte. Ihre Lage war – vorsichtig ausgedrückt – ziemlich aussichtslos. Anders als bei ihrer ersten Gefangenschaft, konnten sie diesmal nicht damit rechnen, plötzlich Hilfe von unerwarteter Seite zu bekommen. Und auch der Umstand, dass Winterfeld zugegeben hatte, auf eigene Faust zu handeln, und sie es somit nicht mit der gesamten deutschen Kriegsmarine, sondern nur mit ihm allein zu tun hatten, stellte keinen wirklichen Trost dar. Denn wenn es tatsächlich so war, dann hatte der Kapitän umso mehr Grund, auf der Hut zu sein und die Nähe aller anderen Schiffe zu meiden.

Es verging sicher eine Stunde, in der Mike reglos auf dem Bett lag, die Metalldecke über sich anstarrte und seinen immer düsterer werdenden Gedanken nachhing, bis schließlich die Tür wieder geöffnet wurde und Trautman hereinkam. Er wurde von zwei deutschen Soldaten begleitet und hinter ihm betrat ein sehr alter, weißhaariger Mann den Raum. Mike setzte sich auf und sah dem Fremden neugierig ins Gesicht, während Astaroth mit einem Satz aus der Koje sprang und dem Neuankömmling mit grüßend aufgestelltem Schwanz entgegenlief. Der Fremde beugte sich lächelnd hinunter und streichelte ihm über den Kopf und den Rücken, und Astaroth ließ sich diese Behandlung laut schnurrend einige Augenblicke lang gefallen, dann senkte er den Kopf – und schnüffelte prüfend an den Schuhen des Mannes. Mike hielt den Atem an, aber Astaroth beließ es bei dieser Begutachtung, drehte sich dann herum und kam zurück. Mit einem Satz war er wieder auf dem Bett neben Mike und rollte sich zusammen.

»Du bist also Mike«, begann der Fremde. Er hatte eine sehr angenehme, kräftige Stimme, die so gar nicht zu seinem greisenhaften Äußeren passen wollte; ebenso wenig wie der Ausdruck in seinen von unzähligen winzigen Fältchen umgebenen Augen, die nicht die eines alten Mannes zu sein schienen. Mike las eine Kraft und Entschlossenheit darin, auf die so mancher viel jüngere Mann stolz gewesen wäre.

Langsam stand er auf und nickte. »Und Sie sind ...«

»Das ist Professor Arronax«, erklärte Trautman. »Ich habe dir von ihm erzählt.«

Mike war nicht sehr überrascht. Arronax sah genau so aus, wie er ihn sich vorgestellt hatte. Und der kurze Blick, den er mit Trautman tauschte, machte Mike ohne jedes Wort klar, dass die beiden Männer bereits über ihn gesprochen hatten.

»Ich glaube, ich hätte dich auch so erkannt«, sagte er. »Du siehst deinem Vater sehr ähnlich, weißt du das?«

Mike schüttelte den Kopf. »Ich habe ihn nie gesehen.«

Ein flüchtiger Ausdruck von Bedauern erschien in Arronax' Augen, als er nickte. »Ja, Trautman hat mir davon erzählt. Dein Vater hat dich schon früh wegbringen lassen, damit du in Sicherheit bist.«

»Wie Sie sehen, hat es nicht viel genutzt«, murmelte Mike, und Ben fügte boshaft hinzu: »Jedenfalls hat er nicht viel vom Schneid seines Vaters abbekommen.«

Mike verbiss sich die zornige Antwort, die ihm auf den Lippen lag, und auch Arronax sagte nichts, doch der Blick, den er dem jungen Engländer zuwarf, zeigte Mike, dass Trautman auch über Ben mit ihm geredet hatte.

Trautman und Arronax setzten sich an den Tisch und nach kurzem Zögern folgten ihnen Singh und Ben und schließlich auch Mike. Astaroth blieb auf dem Bett liegen und tat so, als schliefe er, aber Mike entging keineswegs, dass er den weißhaarigen Fremden unter dem fast geschlossenen Augenlid heraus aufmerksam beobachtete. »Trautman hat mir erzählt, was ihr auf dem Meeresgrund gefunden habt«, begann Arronax. »Du musst mir von allem berichten, was du gesehen hast. Es kann sehr wichtig sein.«

Mike deutete verwundert auf Trautman. »Aber hat er Ihnen denn nicht –«

»Vier Augen sehen mehr als zwei«, unterbrach ihn Arronax mit einem gutmütigen Lächeln, und Ben konnte sich nicht verkneifen hinzuzufügen: »Sechs.«

»Ach ja, du warst ja auch in der Kuppel«, sagte Arronax. »Du hast die Prinzessin ebenfalls gesehen.«

»Prinzessin?« Mike setzte sich stocksteif auf. »Woher wissen Sie, dass sie eine Prinzessin ist?«

»Weil du es gesagt hast«, antwortete Trautman an Arronax' Stelle.

Mike blickte sekundenlang die beiden alten Männer verunsichert an, doch dann begann er gehorsam zu erzählen, was er in der Unterseekuppel gesehen und erlebt hatte. Dann und wann fügte Ben ein Detail hinzu und Arronax unterbrach sie immer wieder mit gezielten Fragen, wobei er sich für jede noch so winzige Kleinigkeit zu interessieren schien.

»Unglaublich«, sagte er schließlich, mehr an Trautman als an die beiden Jungen gewandt. Diese Kuppel ist das, wonach ich mein Leben lang gesucht habe. Wenn es stimmt, was ihr berichtet, dann ... dann habt ihr etwas entdeckt, wogegen sich die große Pyramide von Gizeh wie eine Sandburg ausmacht.«

»Es stimmt«, erklärte Ben in beleidigtem Tonfall. »Warum sollten wir Ihnen etwas vormachen? Fragen Sie Trautman, wenn Sie uns nicht glauben.«

Arronax hob besänftigend die Hand. »Ich glaube euch ja«, sagte er. »Es ist nur so ...« Er suchte einen Moment nach den richtigen Worten und fuhr mit veränderter, wehmütiger Stimme fort: »Ich habe zwanzig Jahre lang davon geträumt, das zu sehen, was ihr entdeckt habt. Und jetzt, wo es endlich gefunden worden ist, ist es zu spät. Statt der Wissenschaft und der ganzen Menschheit werden die Geheimnisse der Kuppel jetzt nur einem einzigen Mann dienen.«

Mike sah verwundert zu Trautman hin. »Haben Sie es ihm denn nicht gesagt?«

Trautman wich seinem Blick aus und auf Arronax' Gesicht machte sich ein deutlicher Schrecken breit.

»Was gesagt?«, fragte er.

»Ich bin noch nicht dazu gekommen«, murmelte Trautman – und Mike spürte, dass das nicht stimmte.

»Wozu sind Sie noch nicht gekommen?«, fragte Arronax scharf.

»Sie existiert nicht mehr«, sagte Ben etwas spöttisch. »Das Ding ist in die Luft geflogen, nachdem die Deutschen die Kleine herausgeholt haben.« Er machte eine Bewegung mit beiden Händen, um die Explosion zu verdeutlichen.

Arronax wurde blass. »Das ... das ist nicht wahr!«, keuchte er.

»Doch«, sagte Mike, so ruhig, wie er konnte. »Winterfelds Soldaten haben den Sarg mit dem Mädchen herausgeholt. Und kurz danach ist die Unterseekuppel explodiert. Die Explosion hätte um ein Haar auch die NAUTILUS vernichtet.«

»O nein«, stöhnte Arronax. Auf seinem Gesicht breitete sich ein Ausdruck so abgrundtiefer Enttäuschung aus, dass Mike sich beherrschen musste, um ihm nicht tröstend die Hand auf die Schulter zu legen.

Von alldem schien Ben nicht viel mitzubekommen, denn er fügte mit einer Geste auf Mike hinzu. »Unser kleiner Prinz hier meint, es wäre eine Automatik gewesen, die die Kuppel gesprengt hat, nachdem man die Prinzessin« – er betonte das Wort so, dass Mike ihm am liebsten dafür mit der Faust auf die Nase geschlagen hätte – »herausgeschafft hat.«

Arronax sah Mike an. »Ein kluger Gedanke«, sagte er. »Das könnte sogar stimmen. Wenn es die Prinzessin war.«

»Sie wissen nicht nur von mir, wer sie ist, nicht wahr?«, fragte Mike.

Arronax zögerte. Er wich seinem Blick aus. Seine Hände strichen in einer unbewussten Geste über die Tischkante. »Ich bin nicht sicher«, sagte er. »Aber wie kann man überhaupt sicher sein, bei etwas, was so lange zurückliegt?« Wieder schwieg er einige Augenblick, dann gab er sich einen sichtbaren Ruck. »Habt ihr in der Kuppel sonst noch etwas gefunden?«, fragte er. »War noch irgendetwas anderes Außergewöhnliches dort? Irgendein anderes ... Geschöpf?«

Mike schwieg. Ben sagte: »Nur Dornröschen. Und dieses schwarze Mistvieh da.« Er deutete mit einer Kopfbewegung auf

Astaroth, der träge das Auge öffnete und wie zur Antwort so ausgiebig gähnte, dass man fast seine Schwanzspitze sehen konnte.

»Dieser Kater stammt aus der *Kuppel?*«, vergewisserte sich Arronax.

Mike und Trautman nickten gleichzeitig.

Arronax saß da und starrte den Kater an und Astaroth erwiderte seinen Blick mit der kühlen Herablassung, zu der nur Katzen fähig sind. Dann stand Arronax auf, ging langsam zum Bett hinüber und besah sich den Kater sehr aufmerksam aus unmittelbarer Nähe. Zwei- oder dreimal streckte er auch die Hand aus, wagte es aber diesmal nicht, Astaroth wirklich zu berühren. Ein sehr nachdenklicher Ausdruck lag auf Arronax' Gesicht, als er zu den anderen zurückkehrte. »Eine Katze?«, flüsterte er. »Eine ganz normale Katze?« Mike hätte ihm sagen können, dass Astaroth alles war, nur keine ganz normale Katze, aber er schwieg.

»Was ist daran so seltsam?«, fragte Trautman. »Ich meine – auch wir haben uns gewundert, wie das Tier dort hinuntergekommen ist und wovon es gelebt haben mag. Aber es ist trotzdem ein ganz normaler Kater – auch wenn er die eine oder andere Unart hat.«

Astaroth gähnte, stand auf, reckte sich ausgiebig und kam dann mit gemessenen Schritten auf Mike zu. Mit einem eleganten Satz sprang er auf seinen Schoß hinauf und rollte sich dort wieder zusammen, um weiterzuschlafen. Arronax ließ ihn während der ganzen Zeit nicht aus den Augen.

»Es ist kaum zu glauben, und doch …«, begann er, sprach

aber nicht zu Ende, sondern schüttelte nur mehrmals heftig den Kopf.

»Was ist schwer zu glauben?«, wollte Mike wissen.

Arronax sah in an. »Es ist nur eine Legende«, sagte er. »Und doch habe ich mein Leben lang nach dieser Legende gesucht. Trautman hat dir sicher erzählt, dass ich während der letzten zwanzig Jahre Forschungen über das versunkene Atlantis angestellt habe.«

Mike nickte, und Arronax fuhr in versonnenem Tonfall fort zu erzählen.

»Ich glaube, ich kann ohne falsche Scheu behaupten, dass es nicht viele auf der Welt gibt, die mehr über Atlantis wissen als ich. Und doch ist es mir nie gelungen, einen wirklichen Beweis für die Existenz des untergegangenen Reiches zu finden. Die Taucherglocke, die ich in den letzten Jahren bauen ließ, sollte es mir ermöglichen, diesen Beweis zu erbringen, aber leider ist es anders gekommen. Mir war aber immer klar, dass Atlantis mehr als eine Legende sein musste. Es gibt zu viele Geschichten darüber, zu viele Überlieferungen, zu viele Hinweise und Unstimmigkeiten, die nicht anders zu erklären gewesen wären. Seht ihr, fast alle alten Völker wissen von Göttern zu erzählen, die über unvorstellbare Macht verfügt haben sollen.«

»Und?«, fragte Ben. »Aberglaube, mehr nicht.«

»Das denken die meisten«, antwortete Arronax. »Doch wenn man genau hinsieht, dann stimmt das nicht mehr. Ich habe Legenden von allen Völkern rund um den Globus zusammengetragen, und was ich entdeckt habe, kann kein Zufall gewesen sein. Diese Götter wurden überall gleich beschrieben, ob bei den alten Ägyptern, den Chinesen, den Maya oder den Germanen: Stets waren sie groß, hellhäutig und hatten blondes Haar. Und stets wurde ihre Herkunft gleich angegeben: die Insel der Götter im Atlantik. Es heißt, dass eine gewaltige Flut ihr Inselreich verschlungen haben soll und ihre Überlebenden sich mit den Menschen vermischten. Sie waren es, die die ersten großen Kulturen gründeten und über sie herrschten. So jedenfalls ist es überliefert worden – nicht nur in einigen alten Schriften, sondern in sehr vielen.«

»Na und?«, fragte Ben. »Was bedeutet das schon?«

»Das Mädchen, wie sah es aus?«, sagte Arronax.

»Schlank, mit heller Haut und blondem Haar«, erwiderte Trautman.

»Aber das beweist doch gar nichts«, sagte Ben. »Ein altes Volk, das über die ganze Welt geherrscht haben soll! Pah!«

Arronax lächelte gutmütig. »Als man die Gräber der fünf ersten ägyptischen Pharaonen öffnete, stellt man fest, dass sie keine Ägypter waren, sondern Angehörige eines hoch gewachsenen, hellhäutigen Volkes.«

»Ja, wahrscheinlich waren es Dornröschens Brüder, wie?«, maulte Ben. Er klang unsicher.

»Eher ihre Urgroßneffen«, verbesserte Arronax. »Nach meinen Forschungen muss Atlantis vor mehr als fünftausend Jahren untergegangen sein. Die Legende sagt, dass seine Herrscher ein Volk von Magiern waren, die über das Wasser geboten. Sie vermochten Sturmfluten heraufzubeschwören oder zu besänftigen, sie konnten es regnen oder jahrzehntelange Dürren über die Länder ihrer Feinde kommen lassen, und es heißt, dass sie sich im Wasser zu bewegen vermochten, als wäre dies ihr natürliches Element.«

»Das Mädchen hatte keinen Fischschwanz«, sagte Ben.

Arronax ignorierte ihn. »Es gibt viele Legenden, die vom Untergang von Atlantis berichten«, fuhr er fort. »Die Menschen haben die verschiedensten Gründe für die Katastrophe erfunden, die Atlantis verschlang – von dem, dass seine Bewohner in ihrer Machtgier die Götter selbst herausforderten, bis zu dem, dass ein Meteor vom Himmel fiel und Atlantis auslöschte. Mir persönlich erscheint eine Erklärung am wahrscheinlichsten, die ich in einer uralten phönizischen Schrift gefunden habe; zumindest nach dem, was ich nun von euch und Trautman erfahren habe. Nach dieser Schrift sollen die Zauberkönige von Atlantis jahrtausendelang über ihr Inselreich geherrscht und es zu unvorstellbarer Blüte gebracht haben. Sie waren ein Volk von Zauberern, aber sie waren auch sehr umsichtig und weise und lebten mit der Natur in Einklang, nicht wie wir in Konkurrenz. Eines Tages aber begann sich eine schreckliche Krankheit unter den Zauberkönigen auszubreiten. Einige starben sofort, andere wurden wahnsinnig, allen jedoch entglitt die Kontrolle über die furchtbare Macht, über die ihr Geist gebot. Sturmfluten, Taifune, Seebeben und Überschwemmungen suchten Atlantis heim und alle Versuche der alten Zauberer, der Krankheit Herr zu werden, misslangen. Schließlich begriffen sie, dass ihr Reich dem Untergang geweiht war, und so taten sich die letzten und mächtigsten Magier von Atlantis zusammen, um wenigstens einem von ihnen das Überleben zu sichern. Es heißt in dieser Legende, dass sie ein Haus auf dem Meeresgrund bauten, in dem die letzte Prinzessin von Atlantis einen magischen Schlaf hält, der so lange währen soll, bis es einem späteren, nach ihnen kommenden Volk gelungen sein wird, die Krankheit zu besiegen. Und es heißt weiter«, schloss Arronax mit einem Blick auf den Kater, »dass sie einen Wächter bei ihr zurückließen, der unsterblich war und die Jahrtausende hindurch über sie wachte.«

Für einige Augenblicke breitete sich eine fast atemlose Stille in der Kabine aus. Aller Aufmerksamkeit konzentrierte sich auf Astaroth, der beharrlich weiter so tat, als schliefe er. Schließlich war es Ben, der das Schweigen brach.

»Ja«, sagte er höhnisch. »Er wartet, bis ihre Feinde die Schuhe ausziehen, dann schlägt er blitzartig zu.«

»Arronax' Blick drückte vollkommenes Unverständnis aus, während es in Trautmans Augen ärgerlich aufblitzte. Ben grinste, lehnte sich in seinem Stuhl zurück – und kämpfte mit wild rudernden Armen um sein Gleichgewicht, als eines der Stuhlbeine abbrach und er haltlos nach hinten kippte.

Mit einem gewaltigen Poltern landete er auf dem Boden, sprang sofort wieder hoch und begann wütend zu fluchen.

»Deutsche Arbeit, wie?«, schimpfte er. Wütend versetzte er dem zerbrochenen Stuhl einen Tritt, der ihn quer durch den Raum schleuderte und vollends in Stücke gehen ließ. »Hoffentlich fällt nicht der ganze Kahn auseinander, wenn ihn ein Windhauch trifft.«

Mike und Arronax tauschten einen Blick, aber keiner von ihnen sagte etwas. Mike lauschte in sich hinein, doch auch Astaroths Gedankenstimme blieb stumm. Und trotzdem spürte er, dass Arronax' Erzählung der Wahrheit sehr, sehr nahe gekommen war.

»Das ist unglaublich«, sagte Trautman nach einer Weile. »Aber so fantastisch es sein mag – es hilft uns im Moment nicht weiter. Wenn es uns nicht gelingt, zu entkommen und die NAUTILUS mitzunehmen oder schlimmstenfalls zu versenken, dann wird Winterfeld zu einer Gefahr, die sich jetzt noch gar nicht abschätzen lässt.«

»Die Kuppel ist zerstört«, gab Singh zu bedenken.

Arronax wiegte betrübt den Kopf. »Ich fürchte, das allein reicht nicht«, sagte er. »Die Tatsache ihrer Existenz beweist endgültig, dass Atlantis keine Legende war – wenn es nicht die NAUTILUS schon getan hat. Und nun, wo er im Besitz des Schiffes ist, wird er nach anderen Hinterlassenschaften der Atlanter suchen. Und finden, fürchte ich.«

»So einfach dürfte das nicht sein«, sagte Trautman. »Immerhin haben Sie Ihr Leben lang geforscht, um –«

»Das ist ja gerade das Schlimme«, sagte Arronax leise.

Trautman wirkte alarmiert. »Was meinen Sie damit?«

Arronax zögerte, dann sagte er, ohne einem von ihnen dabei ins Gesicht zu sehen. »Als wir die Expedition ausrüsteten, habe ich all meine Aufzeichnungen mitgenommen. Kapitän Winterfeld ist im Besitz meiner sämtlichen Unterlagen.«

Seine Worte erfüllten Mike mit eiskaltem Schrecken. Wenn Winterfeld Arronax' Aufzeichnungen *und* die NAUTILUS besaß ... das war unvorstellbar. Das Schiff war beschädigt, aber mit den Mitteln der LEOPOLD würde Winterfeld es zweifellos in kürzester Zeit reparieren können. Und wie sie gerade selbst bewiesen hatten, vermochte das Tauchboot tausende von Metern tief in die See vorzudringen. Doch bevor er seine Befürchtungen in Worte fassen konnte, geschah etwas, was sie Winterfeld und seine Eroberungspläne zumindest für den Moment vergessen ließ.

Astaroth fuhr mit einem hysterisch klingenden Fauchen hoch und stieß sich von Mikes Schoß ab, wobei er so rücksichtslos von allen Krallen Gebrauch machte, dass Mike vor Schmerz aufschrie. Der Kater raste auf die Tür zu, prallte in vollem Lauf dagegen und wurde zurückgeworfen, wobei er sich zwei-, dreimal überschlug. Sofort war er wieder auf den Beinen und rannte ein zweites Mal gegen die Tür. Wie besessen versuchte er sie mit den Pfoten aufzukrallen.

»Die Prinzessin!«, rief Mike. Diesmal war es nicht die Stimme des Katers, die er vernahm. Vielmehr spürte er dessen Angst, die an Panik grenzende Furcht, die für einen Moment vom Geist des Tieres Besitz ergriffen hatte, und für einen ebenso kurzen Moment drohten diese Gefühle auch ihn zu überwältigen. Er begann am ganzen Leib zu zittern.

»Die Prinzessin!«, rief er. »Etwas ist mit Serena geschehen!«

»Wovon sprichst du?«, fragte Trautman.

»Serena!«, rief Mike noch einmal. »Die Prinzessin! Sie ist aufgewacht!«

Es dauerte fast eine halbe Stunde, bis sich der Kater so weit wieder beruhigt hatte, dass Mike es wagte, sich ihm zu nähern und ihn anzufassen. Astaroth hatte so lange versucht die Metalltür aufzubekommen, bis seine Pfoten blutig geworden waren und seine Kräfte versagten. Die schon fast verheilte Wunde an seinem Hinterlauf war wieder aufgebrochen und sein Atem ging schwer. Und viel mehr noch, als er es sah, *spürte* Mike die Erschöpfung der Tieres. Astaroth lag wie leblos auf seinem Schoß.

Danach war Mike nicht mehr umhingekommen, Trautman und den anderen zu erzählen, was er wirklich über den Meerkater wusste. Bens Kommentar war ganz so ausgefallen, wie Astaroth selbst prophezeit hatte. Singh sagte wie üblich gar nichts, aber Trautman sah ihn vorwurfsvoll an, nachdem er mit seinem Bericht zu Ende gekommen war, und sagte schließlich leise. »Du hättest es mir sagen müssen.«

»Hätten Sie mir geglaubt?«, gab Mike ebenso leise zurück.

»Ich weiß es nicht«, gestand Trautman. »Vermutlich nicht – wenigstens am Anfang. Später, nach der Sache mit dem Ventil ...«

»Und was hätte es geändert?«, fragte Mike.

»Das ist also der berühmte, unsterbliche Wächter der Prinzessin«, sagte Ben. Er blickte hämisch auf den Kater herab. »Ein famoser Wächter, der nicht einmal die Tür aufbekommt.«

Mike schaute ihn scharf an, dann wandte er den Kopf und sah einen Moment auf den Stuhl herab, der genau in dem Augenblick zerbrochen war, als Ben sich am lautesten über den Kater lustig gemacht hatte. Ben folgte seinem Blick und Mike konnte aus den Augenwinkeln sehen, wie er leicht zusammenfuhr.

»Du kannst wirklich mit diesem Tier reden?«, erkundigte sich Arronax.

Mike schüttelte den Kopf. »Reden ist nicht das richtige Wort«, sagte er. »Ich ... Irgendwie spüre ich in mir, was er sagt.«

»Sicher«, fügte Ben spöttisch hinzu. »Und du als Einziger, nicht wahr?«

Mike blieb ernst. »Es muss irgendetwas damit zu tun haben, dass er mich gebissen hat«, sagte er.

»Mich hat er gekratzt«, sagte Ben giftig. »Und ich höre rein gar nichts. Das heißt ...« Er runzelte die Stirn, überlegte eine Sekunde und fuhr in nachdenklichem Tonfall fort. »Letzte Nacht habe ich mir eingebildet, meine Nachttischlampe hätte zu mir gesprochen. Vielleicht war es gar keine Einbildung.«

»Bestimmt nicht«, pflichtete ihm Mike bei. »Du solltest abends jetzt genauer hinhören. Und dir vor allem angewöhnen, in deinen Schuhen zu schlafen.«

»Schluss jetzt, ihr beiden«, sagte Trautman streng. Er deutete auf den Kater. »Wenn du dich wirklich mit diesem Tier verständigen kannst, müssen wir das ausnutzen. Vielleicht verschafft es uns einen entscheidenden Vorteil.«

»Das Tier ist Serenas Wächter, vergessen Sie das nicht«, wandte Arronax ein. »Es wird nichts tun, was die Prinzessin irgendwie in Gefahr bringt.«

Vor der Tür wurden Schritte laut. Sie hörten das scharrende Geräusch des Riegels, und einen Augenblick später wurde die Tür geöffnet und zwei bewaffnete Soldaten traten ein. Hinter diesen erkannte Mike die Silhouetten zweier weiterer, die mit schussbereiten Waffen auf dem Korridor standen. Winterfeld mochte sie wie Gäste behandeln, aber er beging nicht den Fehler, sie zu unterschätzen.

Mike spürte, wie Astaroth sich auf seinem Schoß zu bewegen begann, und hielt den Kater instinktiv fester. »Bitte bleib ruhig«, flüsterte er. »Wir wollen Serena genauso befreien wie du, aber wir müssen abwarten. Wir haben nur diese eine Chance.«

Astaroth antwortete auch jetzt nicht, aber Mike glaubte zu spüren, dass das Tier seine Worte verstanden hatte.

»Du da!« Einer der beiden Soldaten deutete auf Mike.

»Mitkommen. Kapitän Winterfeld will dich sehen.«

Mike stand auf und wollte den Kater auf den Stuhl legen, doch Astaroth fauchte so drohend, dass er sein Vorhaben nicht ausführte. Den Kater wie ein schlafendes Baby im Arm, trat er zwischen die beiden Soldaten und dann auf den Gang hinaus. Der Mann, der ihn zum Mitkommen aufgefordert hatte, musterte das Tier finster, schüttelte dann den Kopf und grinste abfällig. Mike schickte ein Stoßgebet zum Himmel, dass Astaroth nichts Unüberlegtes tat. Winterfeld hatte sicher Befehl gegeben, ihn und die anderen mit Respekt zu behandeln.

Kurz darauf erreichten sie Kapitän Winterfelds Kabine. Die beiden Soldaten traten nicht mit ein, sondern blieben draußen vor der Tür stehen. Winterfeld saß an seinem mit Papieren und Karten übersäten Schreibtisch und sah Mike freundlich entgegen, als dieser eintrat.

»Setz dich«, forderte er ihn auf, erst dann schien er den Kater zu bemerken, den Mike auf den Armen trug. »Ich hoffe, dein Schoßtierchen ist inzwischen stubenrein geworden«, sagte er und fügte ein wenig besorgt hinzu: »Was ist mit ihm? Er sieht krank aus.«

»Er ist ein ziemlicher Faulpelz, er lässt sich die ganze Zeit herumschleppen«, antwortete Mike, und seine Stimme zitterte etwas.

»So sind Katzen nun einmal«, sagte Winterfeld. »Ich selbst habe drei Stück zu Hause – zwei Perser und eine normale Hauskatze. Aber keine ist auch nur annähernd so groß wie dein Tier. Ein richtiges Prachtstück.«

Mike lauschte in sich hinein. Aber Astaroths lautlose Stimme blieb stumm. Von der vorlauten Art des Katers war im Moment nichts geblieben. Und Mike glaubte darüber hinaus auch zu spüren, dass eine Veränderung mit dem Tier vor sich gegangen war.

»Nun«, sagte Winterfeld, nachdem Mike sich gesetzt hatte, »ich hoffe, du hattest inzwischen Gelegenheit, über unser Gespräch von vorhin nachzudenken.«

»Ich wüsste nicht, was wir miteinander zu bereden hätten«, antwortete Mike. Der Kater bewegte sich auf seinen Armen. Irgendetwas geschah mit ihm. Es war keine sichtbare Veränderung, aber Mike fühlte sie sehr deutlich.

Winterfeld seufzte. Seine Finger strichen unbewusst über einen Stoß Karten. »Du enttäuschst mich, Michael«, sagte er. »Ich hätte dich für klüger gehalten. Ich erwarte nicht, dass du mich wie einen Freund behandelst, aber du bist eigentlich alt genug, um zu wissen, wann du aufhören solltest. Ihr habt verloren, sieh das ein. Wir haben gekämpft und ihr habt euch tapfer gewehrt, aber nun ist es vorbei. Im Grunde habe ich alles, was ich wollte. Meine Leute sind bereits dabei, die NAUTILUS zu untersuchen. Es wird nicht lange dauern, bis sie gelernt haben das Schiff zu steuern. Ich könnte dich und die anderen irgendwo an Land setzen und meiner Wege gehen, wenn ich das wollte.«

»Ja, oder uns gleich umbringen, wie?« Mike erschrak über seine eigenen Worte. Er wusste selbst nicht, warum er das gesagt hatte – Winterfeld war sicher ihr Feind, aber kein Mörder. Aber er fühlte einen Zorn und eine Entschlossenheit in sich, die ihn schaudern ließen. Irgendwie spürte er auch, dass es gar nicht *seine* Gefühle waren, die er empfand, aber sie waren einfach zu stark, um sich dagegen zu wehren.

»Du weißt, dass ich das nicht täte«, erwiderte Winterfeld. Er klang ehrlich verletzt. »Aber ich könnte euch auf einer Insel absetzen, wo es Jahre dauern kann, bis euch jemand findet. Doch das möchte ich nicht. Im Gegenteil, ich hoffe sogar, dass wir unsere Meinungsverschiedenheiten beilegen und zusammenarbeiten. Deine Hilfe könnte für mich sehr wichtig sein. Und für sehr viele andere Menschen auch.«

»Hilfe? Wobei?«, fragte Mike böse. »Wollen wir gemeinsam noch ein paar friedliche Forschungsschiffe überfallen?«

»Das war eine bedauerliche, aber notwendige Maßnahme«, sagte Winterfeld mit einer Stimme, in der nicht eine Spur von Bedauern zu hören war. »Ich habe nicht vor, als Pirat die Weltmeere unsicher zu machen – wie es zum Beispiel dein Vater und Trautman getan haben. Doch was sollte ich tun? Ihr wart mir entkommen und somit war Professor Arronax meine letzte Möglichkeit und – ich gestehe es – die Gelegenheit war zu verlockend. Vor allem«, fügte er mit einem feinen Lächeln hinzu, »da ich auf diese Weise gleich zwei Fliegen mit einer Klappe schlagen konnte.«

»Wie meinen Sie das?«

Winterfeld lachte. »Habt ihr die Geschichte von dem Expeditionsteilnehmer wirklich geglaubt, der mir im letzten Moment entkommen ist?« Er schüttelte belustigt den Kopf. »Solche Fehler unterlaufen mir nicht, mein junger Freund. Das war einer meiner eigenen Männer, der den Auftrag hatte, eine entsprechende Meldung an die Presse zu lancieren. Mir war klar, dass Trautman sofort hierher kommen würde, wenn er davon erführe. Ich habe die ganze Zeit auf euch gewartet. Mit Erfolg, wie sich gezeigt hat.«

»Und was haben Sie jetzt mit Arronax und seinen Leuten vor?«, fragte Mike.

Winterfeld machte eine beruhigende Handbewegung.

»Es geht ihnen gut, keine Sorge. Arronax hast du ja bereits kennen gelernt und auch den anderen wird nichts geschehen. Sie befinden sich an Bord der LEOPOLD und du hast mein Wort, dass ihnen kein Haar gekrümmt wird.«

»Und das Mädchen?«, fragte Mike. Astaroth bewegte sich unruhig in seinen Armen.

»Ein weiterer Grund, aus dem wir zusammenarbeiten sollten«, sagte Winterfeld. »Durch einen unglückseligen Umstand wurde die Kuppel leider zerstört – weißt du vielleicht etwas darüber?«

Im ersten Moment irritierte Mike der lauernde Ton in Winterfelds Stimme, doch dann begriff er. »Nein«, antwortete er. »Jedenfalls haben wir nichts damit zu tun, wenn Sie das meinen.«

Winterfeld wirkte nicht ganz überzeugt. Wahrscheinlich,

dachte Mike, glaubte er, dass sie die Kuppel gesprengt hatten, damit sie seinen Leuten nicht in die Hände fiel. »Was ist mit dem Mädchen?«, fragte er.

»Sie befindet sich an Bord«, antwortete Winterfeld. »Keine Sorge – sie ist unverletzt. Was weißt du über sie?«

»Kann ich sie sehen?«, wollte Mike wissen, ohne Winterfelds Frage zu beantworten.

Winterfeld zögerte, nickte aber schließlich. »Warum nicht? Allerdings fürchte ich, wird es dir nicht viel nutzen.« Er hob beruhigend die Hand, als er sah, dass Mike erschrocken zusammenfuhr – obwohl der wirkliche Grund des Zusammenzuckens der war, dass Astaroth bei diesen Worten seine Krallen so tief durch Mikes Hemd in seine Haut grub, dass er vor Schmerz beinahe aufgestöhnt hätte. Der Kater spielte weiter den Schlafenden, doch Mike spürte, dass er sich längst in ein Energiebündel verwandelt hatte, das nur darauf wartete, das Theaterspiel endlich aufzugeben. »Ihr ist nichts geschehen«, fuhr Winterfeld fort. »Ganz im Gegenteil, es ist uns gelungen, sie aufzuwecken. Aber sie ist ... sagen wir, noch ein wenig benommen.« Mike fuhr sich nervös mit der Zungenspitze über die Lippen. Astaroth zitterte auf seinen Armen. Er spürte, dass jeder Muskel im Leib des Katers schier zum Zerreißen angespannt war. »Ich möchte mich nur davon überzeugen, dass sie wohlauf ist«, sagte Mike.

»Also gut«, sagte Winterfeld und stand auf. »Wenn das nötig ist, um dir zu beweisen, dass ich es ernst meine mit meinem Vorschlag, soll es mir recht sein. Komm mit.«

Er kam um den Schreibtisch herum, machte eine auffordernde Handbewegung zu Mike, ihm zu folgen, und öffnete die Tür. Die beiden Posten, die Mike hierher begleitet hatten, standen noch immer draußen auf dem Gang. Respektvoll traten sie einen Schritt zur Seite, als Winterfeld an ihnen vorüberging, folgten ihm und Mike aber mit zwei Schritten Abstand.

Winterfeld führte ihn durch ein wahres Labyrinth von Gängen und Korridoren. Dann und wann begegneten ihnen andere Besatzungsmitglieder, die respektvoll beiseite traten, um ihrem Kommandanten Platz zu machen, aber im Allgemeinen schien das Schiff wie ausgestorben zu sein. Doch Mike wurde rasch klar, dass das nicht etwa daran lag, dass Winterfeld so wenige Männer an Bord hatte, sondern vielmehr an der enormen Größe der LEOPOLD. Früher, als er sich noch mit Winterfelds Sohn ein Zimmer im Internat geteilt hatte, hatten sie oft über die LEOPOLD gesprochen und Paul hatte ihm erzählt, dass sie eines der größten Schiffe der deutschen Kriegsmarine war. Mike hatte dies geglaubt, sich aber niemals wirklich Gedanken darüber gemacht, was das eigentlich bedeutete – doch jetzt kam er aus dem Staunen nicht mehr heraus. Selbst die NAUTILUS mit ihren fast hundert Metern musste neben dem Schlachtschiff wie ein kleines Boot wirken.

Der Gedanke erinnerte ihn an eine Frage, die ihm die ganze Zeit bereits auf der Seele lag. »Wo ist Paul?«, fragte er. »Ist er auch an Bord?«

Winterfeld lachte. »O nein«, sagte er kopfschüttelnd. »Wofür hältst du mich? Ich würde meinen Sohn niemals einer derartigen Gefahr aussetzen. Er befindet sich an einem sicheren Ort.«

»Und wo ist dieser sichere Ort?«, fragte Mike.

Wieder lachte Winterfeld und schüttelte den Kopf. »Du gibst

nicht auf, wie? Aber ich denke, wir sollten es mit den Vertrauensbeweisen am Anfang vielleicht noch nicht übertreiben. Später wirst du deinen Freund sicher wieder sehen.«

Sie hatten ihr Ziel erreicht. Vor einer eisernen Tür standen zwei Wächter, zwar bewaffnet wie fast alle an Bord, trotzdem aber deutlich gelangweilt. Als sie Winterfeld sahen, versuchten sie hastig eine stramme Haltung einzunehmen und ihre Uniformen zu glätten. Winterfeld beachtete sie allerdings gar nicht, sondern öffnete die Tür und gebot Mike mit einer Handbewegung, ihm zu folgen. Die beiden Soldaten, die mit ihnen gekommen waren, traten hinter ihnen ein.

Wie Mike auf den ersten Blick erkannte, handelte es sich um die Krankenstation der LEOPOLD. An der Wand neben der Tür stand eine ganze Reihe weißer, sauber bezogener Betten, es gab eine Anzahl medizinischer Instrumente und mehrere Glasschränke voller Fläschchen und Behälter, die wohl Medikamente enthielten. Ein stechender Karbolgeruch hing in der Luft und ein älterer Mann in einem weißen Kittel, wahrscheinlich der Arzt, sah Winterfeld entgegen und grüßte ihn knapp, ohne sich zu einem militärischen Gruß aufraffen zu können.

Serena lag in dem Bett neben der Tür, und obwohl sie noch immer das einfache weiße Gewand trug und fast in der gleichen Haltung in den Kissen lag, in der Mike sie in dem gläsernen Sarg gefunden hatte, war etwas mit ihr vorgegangen.

Ihre Augen waren nun geöffnet, doch sie waren blicklos und stumpf und schienen die Decke über ihrem Kopf gar nicht zu sehen, und ihre Haut war noch immer von weißer, fast durchscheinender Farbe. Sie lag vollkommen bewegungslos da, das

Haar wie einen goldfarbenen Schleier um die Schultern ausgebreitet und sie atmete so flach, dass man es kaum bemerkte, und doch hatte sie sich verändert.

Als Mike sie in dem gläsernen Sarg gesehen hatte, da war sie wenig mehr als eine Tote gewesen, eine schlanke Mädchengestalt mit einem wunderschönen Gesicht, aber nicht mehr. Ebenso gut hätte sie eine Statue sein können, die von der Hand eines begnadeten Künstlers erschaffen worden war. Jetzt aber war in dieser Statue *Leben*. Man konnte es kaum sehen, dafür jedoch umso deutlicher spüren, und es war, als hätte dieser göttliche Funke eine Veränderung unter der Oberfläche des Sichtbaren bewirkt, die sie zu etwas ganz anderem machte. Ganz plötzlich war ihre Schönheit nicht mehr die einer Puppe, sondern etwas Lebendiges, Warmes, zu dem sich Mike sofort hingezogen fühlte.

Aber da war noch mehr. Obwohl er das Mädchen jetzt erst zum dritten Mal im Leben sah, spürte er etwas Vertrautes in sich, als kenne er sie schon seit sehr langer Zeit. Vielleicht hatte es mit Astaroth zu tun. Vielleicht waren es die Gefühle des Katers, die er spürte und im ersten Moment für seine eigenen hielt, doch selbst wenn, spielte das keine Rolle – Mike musste nur einen einzigen Blick auf dieses bleiche, schmale Mädchengesicht werfen um zu wissen, dass er Serena nötigenfalls mit dem eigenen Leben verteidigen würde, sollte ihr jemand etwas zuleide tun wollen.

All diese Gedanken und Gefühle überfielen Mike, kaum dass er durch die Tür getreten war. Auch Astaroth reagierte auf den Anblick des Mädchens. Er erwachte jäh aus seiner Lethargie, sprang mit einem schrillen Laut von Mikes Armen herunter und war mit einem gewaltigen Satz auf dem Bett. Der Arzt machte instinktiv einen Schritt vor, um ihn davonzuscheuchen, aber Winterfeld hielt ihn mit einer raschen Bewegung zurück. Astaroth stieß ein lautes Miauen aus, war mit einem einzigen Sprung neben der Schulter des Mädchens und begann seinen Kopf schnurrend an ihrem Gesicht zu reiben. Seine Krallen gruben sich mit schnellen, regelmäßigen Bewegungen immer wieder in das Kissen und er peitschte heftig mit dem Schwanz.

Serena blinzelte. Ihre Lider senkten sich und blieben eine Sekunde geschlossen, und als sie sie wieder hob, war in ihren Augen etwas Neues, das bisher nicht da gewesen war. Das Mädchen wirkte noch immer betäubt wie eine Schlafwandlerin, doch der Funke von Leben in ihren Augen glomm jetzt heller. Sie bewegte den Kopf nicht, aber ihre Augen suchten den Kater, und obwohl ihr Gesicht völlig reglos blieb und sie nicht eine Miene verzog, glaubte Mike mit einem Male so etwas wie ein Lächeln darauf zu erkennen. Schließlich hob sie ganz langsam, zitternd und voller Mühe den Arm, streckte die Hand aus und legte die Finger zwischen die Ohren des Katers. Astaroth schnurrte immer lauter und kuschelte sich in ihrer Halsbeuge zusammen.

»Unglaublich«, sagte der Arzt. »Wir haben alles versucht, aber sie hat auf nichts reagiert. Sie scheint dieses Tier zu kennen.«

Winterfeld wandte sich zu Mike um. »Ich glaube, ich habe dich schon wieder unterschätzt«, sagte er. »Ein Meerkater, wie? Und ihr habt das Tier auf dem Grund des Ozeans gefunden?«

»Ich habe es Ihnen ja gesagt«, antwortete Mike knapp.

»Ja«, seufzte Winterfeld. »Das hast du. Aber – gibt es vielleicht ein paar Dinge, die du mir nicht gesagt hast?«

»Das müssen Sie schon selbst herausfinden«, erwiderte Mike patzig.

Winterfeld wurde nicht zornig, wie er erwartet hatte. Es schien überhaupt recht schwierig zu sein, diesen Mann aus der Ruhe zu bringen oder wirklich zu verärgern.

Da niemand etwas dagegen zu haben schien, trat Mike mit vorsichtigen Schritten an das Bett heran und beugte sich über die schlafende Prinzessin. Er sah dem Mädchen jetzt direkt in die Augen, aber noch immer war kein Erkennen darin zu sehen. Es waren nicht mehr die Augen einer Statue, aber ihr Blick schien geradewegs durch Mike hindurch und in unbekannte Fernen zu gehen, und für einen Moment glaubte er einen Ausdruck von solchem Schmerz und Leid zu erkennen, dass es ihn schauderte.

»Wer ist dieses Mädchen?«, fragte Winterfeld.

Mike schüttelte den Kopf. »Ich weiß es nicht.«

»Du enttäuschst mich, mein Junge«, sagte Winterfeld. »Du hast doch mit Arronax gesprochen. Hat er dir nicht erzählt, dass ich im Besitz seiner Aufzeichnungen bin?«

»Wenn Sie es wissen, warum fragen Sie dann?«

Diesmal sparte sich Winterfeld eine Antwort. Er trat auf der anderen Seite an das Bett heran und streckte die Hand aus, um das Mädchen zu berühren, doch er hielt inne, als Astaroth ein drohendes Fauchen hören ließ und die Zähne bleckte.

»Und ich glaube, da haben wir auch ihren Wächter«, sagte Winterfeld. Die Worte klangen kein bisschen spöttisch und der

Ausdruck auf seinem Gesicht zeigte Respekt. Nach einigen Sekunden trat Winterfeld vom Bett zurück und der Kater wurde wieder friedlich.

»Was haben Sie mit ihr vor?«, wollte Mike wissen.

Winterfeld lächelte beruhigend. »Vorerst nichts. Außer ihr zu helfen, versteht sich. Später ...« Er zuckte mit den Achseln. »Wir werden sehen. Nachdem die Kuppel zerstört ist, ist dieses Mädchen möglicherweise alles, was vom Volk der Atlanter geblieben ist. Aber du musst dir keine Sorgen machen. Es liegt mir fern, ihr irgendetwas anzutun.«

»Solange sie Ihnen sagt, was Sie wissen wollen, nicht wahr?«

»Ich glaube, du hast zu viele schlechte Romane gelesen«, erwiderte Winterfeld mit gutmütigem Spott. »Selbst wenn ich der wäre, für den du mich offensichtlich hältst, hätte ich längst begriffen, dass Gewalt selten zu einer befriedigenden Lösung führt.«

»Warum wenden Sie sie dann immer wieder an?«

»Weil es manchmal nicht anders geht«, antwortete Winterfeld in einem Tonfall, der Mike zeigte, dass ihn sein Misstrauen verletzt hatte. »Eines Tages wirst du begreifen, warum ich all das hier tue. Aber jetzt ist nicht der Moment, darüber zu reden. Wir sind hier, um diesem Mädchen zu helfen. Für alles andere ist später Zeit.«

Er trat einen Schritt beiseite und gab dem Arzt einen Wink. Dieser kam ans Bett und beugte sich über das Mädchen. Wieder stieß Astaroth ein drohendes Fauchen aus und zeigte die Zähne und der Arzt schrak zurück.

»Nicht, Astaroth!«, sagte Mike. »Er will ihr nur helfen.«

Eine Sekunde lang starrte der Kater ihn aus seinem einzelnen, unheimlich leuchtenden Auge an, dann wurde er ruhig und ließ es zu, dass der Doktor sie mit seinem Stethoskop abzuhören begann.

Winterfeld sah Mike nachdenklich an, und noch bevor er etwas sagte, begriff Mike, dass er vielleicht einen nicht wieder gutzumachenden Fehler begangen hatte.

»Du kannst dich also mit ihm verständigen«, stellte Winterfeld fest.

»Es ist ... ein sehr kluges Tier«, stammelte Mike. »Manchmal glaube ich tatsächlich, dass er mich versteht.«

Winterfeld lächelte nur und Mike sah selbst ein, wie wenig überzeugend diese Worte klangen.

Unter Astaroths misstrauischen Blicken untersuchte der Arzt Serena sehr vorsichtig, aber sehr gründlich. Schließlich trat er vom Bett zurück und machte ein ernstes Gesicht. »Sie ist sehr schwach«, sagte er. »Aber das ist nicht alles. Irgendetwas stimmt nicht mit ihr. Ich kann nicht sagen, was.«

»Kannst du uns helfen?«, fragte Winterfeld.

Der Kater hatte bisher beharrlich geschwiegen und seine lautlose Gedankenstimme erscholl auch jetzt nicht in Mikes Kopf. Trotzdem war Mike ziemlich sicher, dass er – zumindest über den Umweg durch den Kater – mit dem Mädchen in Verbindung hätte treten können. Aber er glaubte auch zu spüren, dass Astaroth ihm jetzt nicht antworten würde.

»Nein«, antwortete er einsilbig.

»Du machst es nur schwerer für uns alle«, sagte Winterfeld. Er schüttelte leicht den Kopf. »Aber gut, ganz wie du meinst.

Wir haben Zeit genug.« Er gab den beiden Soldaten, die mit ihm hereingekommen waren und die ganze Szene bisher schweigend, aber mit offensichtlichem Staunen verfolgt hatte, einen entsprechenden Wink. »Bringt ihn zurück zu den anderen.«

Sie bekamen einen weiteren Beweis für Winterfelds Großzügigkeit, denn einer der beiden Soldaten, die Mike zurückbegleiteten, erklärte, dass er mit Trautman zu den anderen gehen durfte. Natürlich musste Mike Arronax und Ben ausführlich erzählen, wie es ihm ergangen war, und natürlich hatte jeder der anderen eine eigene Meinung dazu; sowohl zu dem, was Mike erlebt hatte, als auch zu dem, was davon zu halten war. Vor allem Ben verkündete lautstark, dass man Winterfeld auf keinen Fall trauen dürfe und seine vermeintliche Freundlichkeit gar nichts anderes als ein Trick sein konnte.

Aber Mike war davon mittlerweile nicht mehr so überzeugt wie noch vor einer Stunde, als man ihn zu Winterfeld gebracht hatte. Er war weit davon entfernt, irgendwelche freundschaftlichen Gefühle für Kapitän Winterfeld zu hegen oder ihm gar zu trauen – aber es fiel ihm auch immer schwerer, Winterfeld als den gewissenlosen Verbrecher zu sehen, als den ihn Ben gerne hingestellt hätte. Und zumindest Trautman schien es ganz ähnlich zu ergehen, denn er beteiligte sich kaum an der Auseinandersetzung, sondern wurde immer nachdenklicher und stiller, und manchmal – wenn er glaubte, Mike merke es nicht – warf er ihm einen sonderbaren Blick zu.

Auf diese Weise vergingen sicherlich zwei Stunden, ehe es endlich Arronax war, der die Diskussion zu einem Ende brachte, indem er leise, aber sehr eindringlich sagte: »Aber das alles ändert doch nichts.«

Einen Moment lang herrschte verwirrtes Schweigen, dann fragte André: »Woran?«

»An der Tatsache, dass wir hier gefangen sind und Kapitän Winterfeld – ob nun freundlich oder nicht – mit diesem Mädchen den Schlüssel zu unvorstellbarer Macht in den Händen hält.« Er sah sich einen Moment in der Runde um, als erwarte er Widerspruch oder auch Zustimmung. Als keines von beidem erfolgte, fuhr er fort: »Ich stimme mit Mike in zumindest einem Punkt überein: Auch ich habe in den vergangenen Wochen Zeit und Gelegenheit genug gehabt, um mit Winterfeld zu reden und mir ein Bild zu machen. Am Anfang hielt ich ihn ebenfalls nur für einen Verbrecher: bestenfalls einen Wahnsinnigen. Mittlerweile bin ich mir nicht mehr so sicher, was das angeht. Und außerdem denke ich, dass Winterfeld einen ganz konkreten Plan hat.«

»Was für einen Plan?«, fragte Trautman scharf.

Arronax zuckte mit den Schultern. »Das weiß ich ebenso wenig wie Sie. Aber Winterfeld ist kein Mann, der irgendetwas ohne triftigen Grund tut. Vielleicht ist es euch allen noch nicht bewusst geworden, aber mit dem, was er getan hat, hat er sich gewissermaßen selbst für vogelfrei erklärt. Der Krieg wird es ihm etwas leichter machen, weil die Welt im Moment anderes zu tun hat, als einen Deserteur zu jagen, aber über kurz oder lang wird er erwischt werden. Und er weiß das. Winterfeld ist kein Dummkopf.«

»Worauf wollen Sie hinaus?«, fragte Singh.

»Ich denke, Winterfeld spielt einfach Vabanque«, antwortete Arronax. »Er hat alles auf eine Karte gesetzt – und das hätte er schwerlich getan, hätte er sich nicht eine gute Chance ausgerechnet, das Spiel zu gewinnen. Er ist hinter dem Vermächtnis der Atlanter her – und mit Serena *und* der NAUTILUS hat er gute Aussichten, es auch zu bekommen.«

»Aber die Kuppel ist zerstört!«, wandte Chris ein.

Arronax lächelte. »Ich fürchte, das wird nicht viel nützen«, sagte er. »Ich habe dutzende von Hinweisen auf andere Hinterlassenschaften des untergegangenen Volkes gefunden – und du hast es ja selbst gehört: Winterfeld besitzt meine Aufzeichnungen. Wenn ihm das Mädchen auch nur ein paar Hinweise gibt, ist es ein Leichtes für ihn, die Reste von Atlantis zu finden.«

»Und wir haben ihm auch noch das passende Schiff dazu geliefert«, sagte Trautman düster.

Arronax seufzte. »Ja. Sie haben die Kuppel gesehen, Trautman. Und Sie wissen, wozu die NAUTILUS in der Lage ist. Wenn Winterfeld mehr von der Hinterlassenschaft der Atlanter findet ... das ist unvorstellbar. Er könnte im wahrsten Sinne des Wortes unbesiegbar werden. Wer weiß – vielleicht könnte er sich tatsächlich zum Herrscher über die ganze Welt aufschwingen. Ich glaube nicht, dass er das will, aber –«

»Und damit haben Sie auch vollkommen Recht, Professor«, unterbrach ihn eine Stimme von der Tür her.

Alle fuhren erschrocken herum und sahen den Schlachtschiffkommandanten an, der vollkommen unbemerkt die Kabine betreten hatte und offensichtlich schon eine ganze Weile zuhörte.

»Ich bin mir der Gefahr, der ich mich selbst und meine Männer aussetze, durchaus bewusst, mein lieber Professor. Doch der Preis, um den es hier geht, ist den Einsatz mehr als wert.« Er kam näher, wobei er die Tür hinter sich offen stehen ließ, sodass sie alle die beiden bewaffneten Marinesoldaten sehen konnten, die draußen auf dem Korridor Aufstellung genommen hatten, und fuhr in lockerem Tonfall fort. »Er ist vermutlich höher, als selbst Sie sich vorstellen können – und ihr anderen auch. Umso mehr schmerzt es mich, dass sie mich noch immer für einen gemeinen Piraten zu halten scheinen.«

Bei diesen Worten maß er Ben mit einem bezeichnenden Blick, den der junge Engländer trotzig und anscheinend ohne eine Spur von Furcht erwiderte.

»Wenn das nicht so ist, dann erzählen Sie uns doch, was Sie wirklich vorhaben«, sagte Trautman. »Vielleicht gelingt es Ihnen ja, uns zu überzeugen – wer weiß?«

»Wer weiß?«, bestätigte Winterfeld lächelnd. »Ich täte es gern, aber jetzt ist weder die Zeit noch die richtige Gelegenheit dazu.«

»Was spricht dagegen?«

»Der Umstand, dass ich nicht weiß, ob ich Ihnen und Ihren jungen Freunden trauen kann oder nicht«, antwortete Winterfeld mit großem Ernst. »Und damit wären wir gleich beim Grund meines Hierseins.« Er deutete auf Mike. »Michael wird Ihnen ja erzählt haben, welche Pläne ich mit Ihnen beziehungsweise mit Professor Arronax und seinen Begleitern hege.«

»Haben Sie eine einsame Insel gefunden, auf der Sie uns absetzen können?«, grollte Ben.

»Oh, gleich ein Dutzend, was das angeht«, erwiderte Winterfeld. »Und ich versichere dir, mein junger Freund, einige davon sind wirklich einsam; einsam genug jedenfalls für die nächsten zehn Jahre.« Dann fuhr er in verändertem Ton fort:

»Wie die Dinge nach der Vernichtung der Kuppel liegen, gibt es keinen Grund mehr für die LEOPOLD, länger hier zu bleiben. Wir werden noch im Laufe des Abends Fahrt aufnehmen.«

»Und was geht das uns an?«, fragte Ben.

»Brauchen Sie noch Galeerensklaven für die Ruder?«, fügte Juan hinzu.

Winterfeld schenkte ihnen keine Beachtung. »Es geht um die NAUTILUS«, sagte er. »Ich will ehrlich zu euch sein: Ich habe ein paar fähige Ingenieure an Bord und es ist keine Frage, dass sie über kurz oder lang lernen werden, mit dem Schiff umzugehen – aber ich fürchte, es wird eher länger dauern.«

»Und jetzt wollen Sie, dass wir Ihre Leute unterweisen?«, fragte Mike fassungslos.

Winterfeld nickte. »Es macht keinen Unterschied – für euch«, sagte er. »Und auch nicht für uns. Wir verlieren nur ein wenig Zeit, kostbare Zeit, wie ich gerne zugebe. Trotzdem spielt es eigentlich keine Rolle. Der Unterschied für euch wäre, dass ich eure Bereitschaft zur Hilfe nicht vergessen würde.«

»Garantieren Sie uns einen schmerzlosen Tod?«, fragte Ben hämisch.

Diesmal sahen sie alle das kurze, ärgerliche Flackern in Winterfelds Augen. Aber er beherrschte sich auch jetzt noch. »Ich garantiere euch allen die beste Behandlung, die ich euch unter diesen Umständen bieten kann«, sagte er ernst. »Egal wie eure Entscheidung ausfällt, ob ihr zu meinen Verbündeten werdet oder es vorzieht, mich weiter als Feind zu betrachten, werde ich –«

Draußen auf dem Korridor wurden polternde Schritte laut, und einen Augenblick später stürmte ein Marinesoldat in die Kabine und blieb schwer atmend vor Winterfeld stehen. »Herr Kapitän, Sie müssen in die Krankenstation kommen!«, sagte er, ohne irgendeine nähere Erklärung abzugeben.

Und Winterfeld schien zu spüren, wie ernst es mit dem Mann war, denn er zögerte nicht und wandte sich zur Tür. Aber der Soldat hielt ihn noch einmal zurück, indem er auf Mike deutete:

»Der Junge sollte besser auch mitkommen«, sagte er.

Winterfeld war überrascht – aber Mike erschrak und jetzt erkannte er den Mann, der da so atemlos hereingestürzt war: Es war einer der beiden Soldaten, die mit ihnen bei Serena gewesen waren.

Es bedurfte keines weiteren Befehles von Winterfeld, damit er ihm und dem Soldaten folgte. Hintereinander stürmten sie aus der Kabine.

Obwohl sich die Krankenstation nahezu am anderen Ende des gewaltigen Schiffes befand, benötigten sie nicht einmal fünf Minuten, um den Korridor zur Krankenstation zu erreichen, der voller Soldaten war. Sie hörten die aufgeregten Rufe und durcheinander schreienden Stimmen schon von weitem; nicht einmal als Winterfeld die Treppe hinunterpolterte, hörte der Lärm völlig auf; und bei der eisernen Disziplin, die an Bord der LEOPOLD herrschte, bedeutete das eine ganze Menge!

Winterfeld griff sich den erstbesten Mann, der ihm in den Weg kam, und fuhr ihn an: »Was ist hier los?«

Der Soldat antwortete nicht, sondern deutete hinter sich, und als Mikes Blick der Geste folgte, sah er eine Gestalt in einem weißen Kittel, die zusammengekauert am Boden hockte und Kopf und Schultern gegen die Wand gelehnt hatte.

Mike erkannte den Arzt, der bei Serena gewesen war, aber nur an dem weißen Kittel und dem Stethoskop, das er um den Hals trug, sein Gesicht war voller Blut. Auch der vordere Teil seines Kittels hatte sich rot gefärbt. Der Mann stöhnte vor Schmerz.

»Wie ist das geschehen?«, fuhr Winterfeld den Mann an, ohne Rücksicht auf dessen Zustand zu nehmen.

»Wer hat das getan?«

»Der ... der Kater«, stöhnte der Arzt. »Dieses schwarze Ungeheuer ist ... einfach auf mich losgegangen. Ich ... ich habe gedacht, er bringt mich um.«

»Astaroth?«, fragte Mike zweifelnd. Was er sah, schien die Worte des Mannes zu bestätigen – unter all dem Blut auf seinem Gesicht gewahrte er mindestens ein Dutzend kreuz und quer verlaufender Kratzer, die durchaus von Astaroths Krallen stammen konnten. Aber er konnte sich nicht vorstellen, dass der Kater ohne Grund auf den Mann losgegangen sein sollte.

Winterfeld offenbar auch nicht, denn er fragte geradeheraus: »Was zum Teufel haben Sie angestellt, Sie Dummkopf?«

»Ich ... ich habe dem Mädchen nur eine Spritze gegeben!«, sagte der Arzt. »Nur ein Vitaminpräparat, um sie zu stärken.«

»Und Astaroth ließ das nicht zu«, vermutete Mike.

»Er ist wie ein Verrückter auf mich losgegangen«, bestätigte der Arzt. »Ich habe versucht ihn wegzujagen, aber er wurde immer wilder.«

»Sie verdammter Narr!«, sagte Winterfeld. Er richtete sich auf und fuhr herum. »Aber das kann nicht alles sein. Was ist hier los?«

Keiner der anderen Männer antwortete. Aber Mike fiel plötzlich etwas auf – in der Wand neben der Tür, hinter der sich Serena und Astaroth befanden, war eine fast mannshohe Beule, von der er ganz sicher war, dass es sie vorhin nicht gegeben hatte.

Auch Winterfeld hatte diese Beule gesehen. Eine Sekunde lang starrte er sie stirnrunzelnd an, dann ging er auf die Tür zu und streckte die Hand nach der Klinke aus.

»Tun Sie das lieber nicht«, sagte einer der Soldaten. Mike und Winterfeld drehten sich gleichzeitig zu ihm herum und Mike sah, dass der Mann nicht nur bleich vor Schrecken war, sondern auch aus einer tiefen Wunde auf dem rechten Handrücken blutete.

»Warum?«, fragte Winterfeld scharf.

Der Mann zögerte, dann sagte er so leise, dass die Worte kaum zu verstehen waren: »Die Katze.«

Mike war nicht im Geringsten überrascht. Auf Winterfelds Gesicht jedoch erschien ein Ausdruck grenzenlosen Staunens. »Wie bitte?«, keuchte er. »Sie wollen mir erzählen, dass meine halbe Mannschaft hier herumsteht und sich vor einer Katze fürchtet?«

Die letzten Worte hatte er geschrien. Der Soldat duckte sich wie ein geprügelter Hund und auch die anderen wichen so weit vor ihm zurück, wie es der beengte Raum überhaupt zuließ.

tionierten, wusste Mike, dass sie eine, wenn nicht zwei Minuten brauchen würden, um das Schiff zu tauchen, und er war nicht sicher, dass ihnen noch so viel Zeit blieb.

Trotzdem versuchte er ein letztes Mal Trautman zu überzeugen. »Wir können Serena nicht einfach hier lassen!«, flehte er. »Sie wird sterben!«

»Das wird sie«, antwortete Trautman ernst. »Aber es gibt nichts, was du für sie tun könntest. Sie würde auch dich töten, wenn du es versuchtest.«

Mike wusste, dass genau das geschehen würde, sollte er Serena auch nur in die Nähe kommen. Der Tod des Katers hatte das Mädchen offenbar um den Verstand gebracht. Sie war so rasend vor Zorn, dass sie keinen Unterschied mehr zwischen Freund und Feind machte, und vielleicht konnte sie das auch gar nicht mehr. Möglicherweise, dachte Mike schaudernd, hatten sie alle das Wort *Wächter* falsch verstanden, und Astaroths Aufgabe war es gar nicht gewesen, Serena vor der Welt zu schützen, sondern die Welt vor *Serena*. Aber diese Erkenntnis kam etwas zu spät.

Juan und Ben hatten die NAUTILUS erreicht und verschwanden bereits in der Turmluke und als Nächster machte sich Singh auf die kurze, aber lebensgefährliche Kletterpartie. Mike sah rasch nach Norden. Die Wasserwand war näher gekommen, und was bisher nur ein Verdacht gewesen war, wurde jetzt zur Gewissheit: sie *war* um vieles größer als die erste Woge.

»Das ist das Ende«, flüsterte Trautman. »Hoffentlich schaffen es Arronax und seine Leute.« Er deutete auf die Strickleiter und Mike streckte gehorsam die Hände nach der Reling aus, um sich

darüber zu schwingen. Als er das Metall berührte, schoss ein grausamer Schmerz durch seine Seite.

Mike krümmte sich. Für eine Sekunde sah er nichts als Rot und Flammen. Es war, als hätte ein weiß glühender Speer seine Hüfte getroffen, und der Schmerz war so entsetzlich, dass er nicht einmal schreien konnte; schlimmer als alles, was er jemals zuvor gespürt hatte. Wimmernd sank er auf die Knie und blickte an sich herab, überzeugt, eine grauenhafte Wunde zu sehen, die er sich bei seinem Sturz zugezogen und bis jetzt noch gar nicht bemerkt hatte.

Aber er war völlig unversehrt. »Was ist mit dir?«, fragte Trautman erschrocken. »Hast du dich verletzt?«

Mike hörte die Worte kaum. Er bekam noch immer keine Luft und spürte, wie er das Bewusstsein zu verlieren begann. Alles um ihn drehte sich. Er fühlte eine Pein wie nie zuvor im Leben, einen Schmerz, der ... *nicht sein eigener war.*

Im gleichen Moment, in dem er dies begriff, erlosch die Qual.

Mike fand sich erschöpft und nach Luft ringend am Boden sitzen und einen vollkommen fassungslosen Trautman über sich stehen, der auf ihn einredete. Doch Mike hörte nicht zu, denn ganz plötzlich wusste er nicht nur, woher dieser Schmerz gekommen war, sondern auch, was er bedeutete ...

So schnell, dass Trautman nicht dazu kam, eine Bewegung zu machen, um ihn aufzuhalten, sprang Mike in die Höhe und rannte mit Riesensätzen auf die Tür zu, hinter der die Treppe zur Krankenstation lag ...

Wenn er geglaubt hatte, oben an Deck Bilder vollkommener Zerstörung erblickt zu haben, so war dies falsch gewesen. Die restlose Verheerung begann erst hier unten. Die metallenen Wände, die Decke, ja selbst der Fußboden waren verbogen, zerbeult und zermalmt, wie von Hammerschlägen tobsüchtiger Riesen getroffen. Türen waren aus den Angeln gerissen und meterweit durch die Luft geschleudert worden und auch die Einrichtungen der Kabinen, an denen er vorbeikam, waren völlig zerstört. Hier und da lag eine Waffe, die einer der Soldaten auf seiner Flucht fallen gelassen hatte. Überall in den Wänden gähnten große, ausgezackte Löcher und aus manchen ragten die Reste zerborstener Wasserleitungen oder -tanks, die Serena mit ihren unheimlichen Kräften zur Explosion gebracht hatte.

Aber Mike beachtete all dies kaum, sondern rannte weiter, so schnell er nur konnte. Seine Logik sagte ihm, dass er praktisch keine Chance mehr hatte. Was er oben gesehen hatte, war, als wäre das Meer selbst aufgestanden, um die winzigen Wesen abzuschütteln, die sich einbildeten, es zu beherrschen. Taumelnd und nach Atem ringend erreichte er die Krankenstation – oder das, was davon übrig war. Winterfelds Männer hatten die Tür verbarrikadiert, ganz wie es ihnen der Kapitän befohlen hatte, aber es hatte nichts genutzt. Die Tür war nicht aufgebrochen – sie war einfach – *verschwunden*, und mit ihr der allergrößte Teil der Wand, in die sie eingelassen gewesen war. Der Raum dahinter sah aus, als wäre gleich ein ganzes Dutzend Bomben darin explodiert. Von der Einrichtung war im wahrsten Sinne des Wortes nichts übrig geblieben. Mikes Mut sank, als er sah, dass

Serenas außer Kontrolle geratenen Kräfte das Mobiliar regelrecht in Kleinholz verwandelt hatten.

Dann hörte er das Miauen.

Es war ein kläglicher, dünner Ton, der im Brüllen des Orkans beinahe unterging, aber Mike hörte ihn trotzdem ganz deutlich. Mit wilden Blicken sah er sich um – und entdeckte den Kater in einem Winkel des Raumes, wo er halb begraben unter verbogenen Trümmerstücken lag.

»Astaroth!«, schrie er. »Gott sei Dank, du lebst!«

Aber nicht mehr lange, wenn du weiter da rumstehst und Maulaffen feilhältst, antwortete die lautlose Stimme des Katers in seinen Gedanken. *Wieso hat das so lange gedauert?*

Mike antwortete nicht, sondern war mit einem Satz bei dem schwarzen Tier und hob es vorsichtig auf die Arme. Astaroth wimmerte vor Schmerz und Mike fuhr erschrocken zusammen, als er sah, wie schwer er verletzt war. Die Kugel hatte seine Hüfte durchbohrt und eine Wunde hinterlassen, an der ein Mensch wahrscheinlich gestorben wäre. Ganz bestimmt sogar, verbesserte sich Mike in Gedanken, schließlich hatte er den furchtbaren Schmerz des Katers gespürt.

»Du armer Kerl«, sagte er. »Es tut mir – «

Kümmere dich jetzt nicht um mich, unterbrach ihn der Kater. *Wo ist die Prinzessin?*

»Oben an Deck«, antwortete Mike. »Sie zerstört das ganze Schiff. Winterfelds Männer haben versucht sie aufzuhalten, aber es ist ihnen nicht gelungen.«

Sie aufzuhalten?, erwiderte Astaroth. *Ich wüsste keine Macht auf dieser Welt, die das könnte. Sie wird noch sehr viel mehr*

zerstören als nur dieses Schiff. Bring mich nach oben, rasch!

Mike sparte sich jede weitere Frage. Er rannte, wie er nie zuvor in seinem Leben gerannt war, durch den zerstörten Korridor zurück zur Treppe, wobei er den Kater wie ein krankes Kind an sich presste. Astaroth wimmerte manchmal leise, ertrug die grobe Behandlung aber ansonsten ohne sich zu wehren, und auch seine Gedankenstimme schwieg.

Das Schiff tanzte so ungestüm auf den Wellen, dass Mike große Mühe hatte, die Treppe hinaufzukommen. Mehr stolpernd als gehend wankte er auf das Deck hinaus, fiel nur wenige Schritte hinter Serena auf die Knie und warf einen Blick nach Norden.

Die Welle war fast heran. Hatte er sie vorher mit einer Wand aus Wasser verglichen, so schien das, was sich jetzt der LEOPOLD näherte, ein massives Gebirge zu sein. Millionen und Abermillionen Tonnen von Wasser, die sich brüllend und schaumgekrönt auf das Schiff zuwälzten. Winterfeld und seine Männer waren in heller Panik zur gegenüberliegenden Reling zurückgewichen. Einige machten gerade Anstalten, ins Wasser zu springen, während andere sich zusammengekauert hatten und die Arme über dem Kopf zusammenschlugen. Plötzlich wusste Mike, dass auch die NAUTILUS der Vernichtung nicht mehr entgehen konnte, ob unter Wasser oder nicht. Nichts konnte diesen Gewalten widerstehen.

»*Serena, nicht!*«, schrie Mike verzweifelt. Er versuchte aufzustehen, glitt auf dem nassen Metall wieder aus und fiel der Länge nach hin. Der Kater stürzte schwer auf das Deck und stieß

einen winselnden Laut aus. Serena fuhr herum und starrte Mike aus brennenden Augen an. Er spürte, wie hinter diesen Augen etwas erwachte, eine Gewalt, die noch mächtiger und gnadenloser war als die unsichtbaren Mächte, die dem Meer befahlen und die sich über ihnen zusammenballten, um sie zu zerschmettern.

»Serena, nicht!«, keuchte Mike. »Bitte hör auf! Astaroth lebt! Sieh doch! Der Kater ist am Leben!« Aus den Augenwinkeln sah er, wie die Woge heranraste. Ihr Brüllen übertönte seine Worte und jeden anderen Lärm. Die Wasserwand war vielleicht noch eine Meile vom Schiff entfernt, dann eine halbe, eine viertel. Der Ozean selbst schien nach oben zu kippen und gleich würde er das Schiff erreichen und einfach zermalmen. Wo gerade noch der Himmel gewesen war, war plötzlich schimmerndes, kochendes Wasser. Mike riss in einer vollkommen sinnlosen Bewegung die Arme über den Kopf, krümmte sich –

und die Wasserwand brach in sich zusammen. Mit einem Tosen und Krachen wie von hundert Wasserfällen, die gleichzeitig eine kilometerhohe Felsklippe herunterstürzten, brach das Wassergebirge auseinander, noch immer entsetzlich nahe bei der LEOPOLD, aber nicht mehr über ihr. Wie beim ersten Mal wurde das Schiff in die Höhe gehoben und ein Stück davongetragen, aber diesmal setzte die Woge es beinahe sanft wieder ab.

Die Erschütterung reichte trotzdem, jedermann an Deck von den Füßen zu reißen, und für einen Moment war Mike blind und rang keuchend nach Luft, als eisige Gischt das Schiff überspülte. Aber es war nur noch eine normale Woge, die keinen

wirklichen Schaden mehr anrichtete. Die LEOPOLD tanzte noch immer auf dem Wasser wie ein Korken, nicht wie ein Schlachtschiff, das zehntausende von Tonnen wog. Aber die eigentliche Gefahr war vorüber.

Das unheimliche Feuer in Serenas Augen war erloschen. Sie saß auf dem Boden, den Kater auf dem Schoß, der sich trotz seiner Verletzung zu ihr hingeschleppt hatte, und ihre Augen waren nun wieder so glanzlos und stumpf wie zuvor. Ihre rechte Hand lag zwischen den Ohren des Katers und kraulte langsam sein Fell. Aber die Gefahr war vorbei. Der Dämon, der in Serena erwacht war, hatte sich wieder zurückgezogen. Und ganz plötzlich begriff Mike, dass seine Vermutung richtig gewesen war: Der Kater schützte nicht das Mädchen vor der Welt. Sondern die Welt vor dem Mädchen.

Das hat verdammt lange gedauert, bis du das kapiert hast, sagte Astaroth. Seine Gedankenstimme klang schon wieder ein wenig spöttisch. Offensichtlich erholte er sich genauso schnell wieder von seiner Verwundung wie das erste Mal.

Mike kam nicht dazu, ihm zu antworten, denn er gewahrte plötzlich aus den Augenwinkeln heraus eine Bewegung, und als er aufsah, blickte er direkt in Winterfelds Gesicht. Hinter ihm kamen Trautman und Arronax heran, beide begleitet von Winterfelds Soldaten. Aber auf den Gesichtern dieser Männer war keine Feindseligkeit mehr zu lesen. Nur eine Furcht, die vielleicht nie wieder völlig daraus weichen würde.

»Du hast es geschafft«, sagte Winterfeld. Er sah Mike an, dann den Kater und schließlich das Mädchen. »Du hast uns allen das Leben gerettet!«

»Das war nicht ich«, antwortete Mike. »Bedanken Sie sich bei ihm.« Er deutete auf Astaroth. Winterfelds Blick folgte seiner Geste, aber er wirkte nicht überrascht, sondern zutiefst erschüttert.

»Und was haben Sie jetzt vor?«, fragte Arronax.

Winterfeld drehte sich zu Arronax und Trautman herum. Er deutete auf die NAUTILUS, die neben dem Schiff auf dem Meer trieb.

»Gehen Sie«, sagte er. »Nehmen Sie Ihre Leute und die Jungen und fahren Sie nach Hause.«

»Sie lassen uns gehen?«, fragte Trautman. Seine Stimme klang erleichtert – aber auch ein wenig misstrauisch.

»Ja«, bestätigte Winterfeld. Dann wandte er sich an Mike. »Bitte geh«, sagte er noch einmal. »Bring das Mädchen zurück. Ich lasse Arronax die Unterlagen zurückgeben. Vielleicht findet ihr einen Ort, an dem Serena sicher vor der Welt ist.« *Und die Welt vor ihr,* fügte sein Blick hinzu. Er sprach es nicht aus, aber Mike las die Worte deutlich in seinen Augen. Er hatte niemals zuvor einen Menschen gesehen, der so tief erschüttert gewesen war wie Winterfeld in diesem Moment.

Wird sie ... ruhig bleiben?, fragte er lautlos, und Astaroth antwortete auf demselben, lautlosen Weg: *Solange ich bei ihr bin, ja.*

»Sie lassen uns wirklich gehen?«, vergewisserte sich Trautman. »Das ist keine Finte?«

»Ich gebe Ihnen zweiundsiebzig Stunden«, antwortete Winterfeld. »Das sollte reichen, Arronax und seine Mannschaft an Land zu bringen und zu verschwinden. Zweiundsiebzig Stun-

den, Trautman, keine weniger, aber auch keine mehr.« Er deutete auf Mike. »Dieser Junge da hat mir und jedem Mann an Bord dieses Schiffes das Leben gerettet. Dafür lasse ich euch laufen. Aber danach sind wir quitt. Wenn wir uns das nächste Mal sehen, sind wir Feinde.«

»Es wird kein nächstes Mal geben«, sagte Trautman leise. Winterfeld schwieg und auch Mike wusste, dass er sich irrte. Während er aufstand und Serena behutsam bei der Hand ergriff, um sie über das Deck der LEOPOLD dorthin zu führen, wo die NAUTILUS darauf wartete, Serena in ihre kalte, dunkle Heimat unter den Meeren zurückzubringen, war er sich sicher, dass sie sich wieder sehen würden.

Vielleicht nicht hier und vielleicht nicht auf eine Weise, die sie sich jetzt schon vorstellen konnten, und vielleicht sogar an einem Ort, von dem sie keine Ahnung hatten, dass er existierte, aber sie würden sich wieder sehen.

»… Unheimlich …, beängstigend …«

LESEPROBE AUS:

IM TAL DER GIGANTEN

VON WOLFGANG HOHLBEIN

»Hört auf zu streiten«, sagte Trautman müde. »Das nutzt uns jetzt auch nichts mehr. Wir werden Singh suchen und dann überlegen wir gemeinsam, was wir weiter tun.« Er drehte sich einmal im Kreis. »Ich verstehe gar nicht, wo er bleibt.«

»Vielleicht hat er sich verirrt?«, fragte Chris.

»Kaum«, erwiderte Trautman kopfschüttelnd. »Singh würde niemals …« Er brach ab und runzelte nachdenklich die Stirn. »Dieser Nebel«, murmelte er. »Ich kann mich gar nicht erinnern, dass er vorhin da war.«

Mike hingegen konnte sich sehr wohl erinnern – nämlich daran, dass es vor einer Minute hier oben *ganz bestimmt* nicht nebelig gewesen war. Sein Blick war weit und ungehindert über eine schier endlose weiße Einöde gegangen, die so groß war, dass sie mit dem Horizont verschmolz, ehe man ihr Ende erkennen konnte. Jetzt konnten sie kaum noch hundert Meter weit sehen. Und die Sicht wurde immer schlechter. Graue Schwaden trieben plötzlich zwischen Himmel und Erde, und in der Luft lag ein sonderbarer, feuchter Geruch, der vorhin auch noch nicht da gewesen war. Ganz wie unten am Strand erreichte sie der Nebel nicht wirklich, sondern stoppte seinen Vormarsch in einer Entfernung von fünfzehn oder zwanzig Metern, aber ebenso wie dort sahen sie sich schließlich von einer undurchdringlichen

Mauer aus wattigem Grau eingeschlossen. Auch hier formte der Nebel einen Halbkreis, dessen gerade Fläche von der Eiswand gebildet wurde – nur dass diesmal ein Abgrund hinter ihnen lag, keine Wand. Aber Mike begriff plötzlich, dass die Fläche, die der unheimliche graue Dunst freiließ, immer einen perfekten Kreis darstellte, der von der eisigen Barriere in zwei präzis gleiche Hälften geteilt wurde.

»Unheimlich«, flüsterte Ben. »Das ist beängstigend.«

»Ja, und ich fürchte, Singh ist irgendwo dort drinnen«, sagte Trautman. »Vermutlich ist das der Grund, aus dem er nicht zurückgekommen ist. Vielleicht kann er es gar nicht mehr.«

Ben riss entsetzt die Augen auf und starrte Trautman an. »Sie wollen doch nicht etwa dort hineingehen und ihn suchen?«, keuchte er.

»Hast du eine bessere Idee?«, fragte Mike. Er machte eine ausholende Bewegung, die die freigebliebene Fläche einschloss. »Du kannst natürlich hier bleiben und darauf warten, dass ein Wunder geschieht«, sagte er. »Aber ich fürchte eher, dass du erfrieren wirst – oder verhungern. Ich gehe jedenfalls und suche Singh.«

Ben wurde noch bleicher, aber Trautman sagte: »Also gut. Gehen wir. Aber bleibt dicht zusammen. Wenn wir uns in diesem Nebel verlieren, finden wir uns nie mehr wieder.«

Sie hatten sich an den Händen ergriffen und formten so eine Kette, deren Anfang Trautman und dessen Ende Juan bildeten, aber der Nebel wurde bald so dicht, dass Mike nicht einmal mehr den vor ihm gehenden Ben wirklich erkennen konnte. Er fühlte seine Hand, und er sah einen verschwommenen dunklen

Umriss vor sich, aber mehr nicht. Und der Nebel verschluckte nicht nur jedes bisschen Licht, er schien auch ihre Stimmen aufzusaugen. Sie riefen immer wieder Singhs Namen, doch das Einzige, was Mike hörte, war seine eigene Stimme: kein Echo, nicht die Rufe der anderen.

Er hätte nicht einmal sagen können, wie lange sie durch diesen Nebel stolperten. Vielleicht Stunden, vielleicht nur Minuten. Es war, als bewegte er sich durch einen Traum, in dem die Wirklichkeit zu grauer Irrealität zerrann, und er hätte sich nicht einmal mehr gewundert, hätte er sich schließlich selbst in diesem Universum aus wogendem Grau aufgelöst.

Stattdessen begann sich der Nebel schließlich zu lichten. Mike konnte noch immer nicht viel weiter als einige Schritte sehen, aber er erkannte nun zumindest Ben wieder deutlich und auch die vor ihm gehende Serena. Und dann fiel ihm auf, dass ihm etwas Feuchtes über sein Gesicht lief, und als er Bens Hand losließ und sich über die Wange fuhr, da schimmerten ein paar Wassertropfen auf seinem Handschuh.

»He!«, protestierte Ben. »Wieso lässt du mich los?«

Mike griff hastig wieder nach seiner Hand und sie gingen weiter, aber er konnte nun sehen, wie sich auch in Bens Pelzjacke immer mehr winzige schimmernde Wassertröpfchen bildeten. Und noch etwas: Als Ben sich gerade zu ihm herumgedreht hatte, da hatte er zum ersten Mal seit Stunden jemanden reden sehen, ohne dass sein Atem als grauer Dampf im Rhythmus der Worte vor seinem Gesicht erschien.

»Es wird wärmer«, rief Trautman in diesem Moment vom Anfang der Gruppe her. »Merkt ihr es auch?«

Der Nebel ließ seine Worte noch immer sonderbar dumpf und falsch klingen, aber er verschluckte sie nun nicht mehr vollkommen. Und je weiter sie gingen, desto mehr lichtete er sich. Bald konnten sie wieder zehn oder fünfzehn Meter weit sehen, sodass sie es nacheinander wagten, einander loszulassen, trotzdem aber dicht beieinander blieben.

Ganz allmählich begann sich das, was sie von ihrer Umgebung erkennen konnten, zu verändern. Unter ihren Stiefeln knirschte noch immer Eis, aber dazwischen schimmerte jetzt immer öfter der blanke Fels hindurch, und hier und da glaubte Mike sogar einen Tupfen Grün oder Braun zu erkennen. Und schließlich tauchten die ersten Bäume vor ihnen auf.

Eigentlich waren es nur die Skelette von Bäumen. Blattlos und vielleicht schon vor Jahrtausenden zu Stein erstarrt, reckten sie sich wie vielfingrige schwarze Hände dem Himmel entgegen, der noch immer hinter einer grauen, undurchdringlichen Decke verborgen lag, und trotzdem atmete Mike bei ihrem Anblick hörbar auf, denn es waren die ersten Zeugen von Leben, auf die sie auf dieser eisigen Insel am Rand der Welt trafen.

Und es blieben nicht die Einzigen. Die Anzahl der Bäume nahm zu, sodass sie sich bald durch einen regelrechten Wald bewegten, und auch wenn er tot und vielleicht schon vor Urzeiten zu Stein erstarrt war, es *gab* Leben in ihm – ein paar Flecken kärgliches Moos hier, einige Grasbüschel da, erbärmlich wenig, aber auch genug um zu zeigen, wie hartnäckig das Leben selbst unter den ungünstigsten Umständen immer wieder Fuß zu fassen vermochte.

Sonderbarerweise schien der Anblick dieses Waldes Traut-

man eher zu beunruhigen. Sie waren immer langsamer gegangen, seit sie in den versteinerten Wald eingedrungen waren, und schließlich blieb Trautman stehen und sah sich aus eng zusammengekniffenen Augen um.

»Irgendetwas stimmt hier nicht«, murmelte er zum wiederholten Male. »Diesen Wald dürfte es gar nicht geben. Nicht so weit im Norden. Es ist viel zu kalt dafür.«

Genau genommen war es das schon lange nicht mehr. Es war beständig wärmer geworden, und Mike fiel erst jetzt wirklich auf, dass er eigentlich schon seit einer geraumen Weile gar nicht mehr fror. Trotzdem sagte er: »Dieser Wald scheint sehr alt zu sein. Vielleicht Hunderte von Jahren oder sogar Tausende.«

»Hier war es auch vor Tausenden von Jahren nicht wärmer«, behauptete Trautman. »Im Gegenteil.«

»Seht mal, dort vorne!«, rief Chris plötzlich. »Es wird heller. Der Nebel scheint sich zu verziehen.«

Aller Aufmerksamkeit konzentrierte sich auf die Richtung, in die Chris' ausgestreckter Arm wies, und tatsächlich – vor ihnen schimmerte es heller durch die Baumstämme. Es war noch kein wirkliches Tageslicht, aber der Nebel war dort nicht mehr so dicht wie hier. Wortlos und weitaus rascher als bisher marschierten sie weiter. Die Bäume wurden immer dichter, und manchmal mussten sie jetzt mitten durch die Skelette ebenfalls versteinerter Büsche hindurch, die wie Glas unter ihren Schritten zerbrachen, aber nach weiteren dreißig oder vierzig Schritten hörte der Wald plötzlich wie abgeschnitten auf, und als sie zwischen den letzten Bäumen hervortraten, da hatten sie auch den Rand des Nebels erreicht und vor ihnen lag ...

waren. »Sie haben doch gesagt, dass das Meer an dieser Stelle etwa sechstausend Meter tief ist.«

»Richtig«, bestätigte Trautman.

»Eben!«, sagte Ben. »So tief kann diese Taucherglocke doch bestimmt nicht hinunter.«

»Nicht einmal annähernd«, sagte Trautman. »Aber irgendetwas tun sie dort vorne.«

»Wofür haben wir eigentlich Torpedos an Bord?«, brummte Ben. »Wenn wir die LEOPOLD damit unter Beschuss nehmen, bleibt von dem Kahn nicht mehr viel übrig. Auf die Weise kommt Winterfeld viel schneller auf den Meeresgrund. Und das sogar ganz ohne Taucherglocke.«

Er grinste, aber er war der Einzige, der das komisch zu finden schien. Mike warf ihm einen zornigen Blick zu. Ben war noch nie gut auf die Deutschen zu sprechen gewesen, aber seit er vom Ausbruch des Krieges erfahren hatte, hasste er sie geradezu. Bereits als Scherz wäre eine solche Bemerkung nicht lustig gewesen, aber Mike kannte Ben gut genug, um zu wissen, dass dieser seine Worte bitterernst meinte.

»Und alle anderen Menschen an Bord gleich mit ihm, wie?«, entgegnete er heftig. »Selbst wenn Arronax und seine Leute nicht auf der LEOPOLD wären, käme das gar nicht in Frage.«

»Ach nein? Was hast du denn sonst vor? Willst du Winterfeld vielleicht freundlich bitten, uns den Professor und die Taucherglocke auszuhändigen?«, höhnte Ben. »Ich bin sicher, dass er deinem Wunsch sofort bereitwillig nachkommen wird.«

»Schluss jetzt!«, befahl Trautman scharf. »Hört auf, euch wie kleine Kinder zu benehmen.« Er wandte sich wieder Singh zu.

»Das Beste wird vermutlich sein, wenn wir den Tag hier abwarten. Sobald es dunkel geworden ist, nähern wir uns unbemerkt der LEOPOLD und versuchen an Bord zu gelangen. Mit ein wenig Glück können wir Arronax und die anderen befreien, ehe Winterfelds Leute überhaupt merken, dass wir da sind.« Er drehte sich halb herum und ließ seinen Blick suchend über die Gesichter der anderen schweifen. »Chris, schalte bitte die automatische Steuerung aus«, sagte er. »Wir bleiben hier, bis es dunkel ist.«

Während Chris ins Boot zurückflitzte, um zu tun, was Trautman ihm aufgetragen hatte, fragte Mike: »Und die Taucherglocke? Ich meine: Selbst wenn es uns gelingt, den Professor zu befreien, hat Winterfeld noch immer die Glocke.«

»Ohne Arronax nutzt sie ihm nicht viel«, behauptete Trautman. Er schwieg eine Sekunde, bevor er mit einem schrägen Seitenblick auf Ben hinzufügte: »Schlimmstenfalls können wir sie noch immer zerstören. Das wird Arronax zwar das Herz brechen, aber als letzter Ausweg –«

Ein dumpfer Knall wehte über das Meer zu ihnen heran, etwas wie ein weit entfernter, einzelner Donnerschlag, so leise, dass er gerade noch an der Grenze des überhaupt Wahrnehmbaren schien. Trotzdem brach Trautman erschrocken mitten im Satz ab, fuhr herum und starrte mit aufgerissenen Augen nach Westen. »Aber das ist doch ...«, murmelte er.

Er lauschte plötzlich gebannt und nach einer Sekunde hörte auch Mike etwas: ein ganz leises, hohes Pfeifen, das rasch näher kam und dabei immer mehr an Lautstärke gewann. Und es war nicht das erste Mal, dass er ein Geräusch wie dieses hörte.

»Aber das ist doch unmöglich!«, keuchte Trautman. »Sie können uns doch überhaupt nicht sehen!«

Aber unmöglich oder nicht – sie alle wussten nur zu gut, was das rasend schnell näher kommende Pfeifen zu bedeuten hatte. Und noch bevor irgendeiner von ihnen etwas sagen konnte, schlug die Granate mit einem ungeheuren Krachen in die Wasseroberfläche ein. Eine turmhohe Schaumsäule explodierte in den Himmel hinauf, und obwohl der Einschlag mehr als hundert Meter entfernt gelegen hatte, erbebte die NAUTILUS unter den Wellen, die plötzlich gegen ihre Flanke schlugen.

»Sie schießen auf uns!«, keuchte Ben. »Aber das kann doch nicht sein! Sie können doch gar nicht wissen, dass wir hier sind!«

Als hätten die Männer auf dem Kriegsschiff am Horizont seine Worte verstanden, ertönte das ferne Donnern ein zweites Mal, und wieder hörten sie das rasch anschwellende Heulen der heranrasenden Granate.

»Alles unter Deck! Wir tauchen!«, schrie Trautman.

Sie fuhren herum und rannten auf den Turm zu. Jede Sekunde, die er eher hinter den Kontrollen des Schiffes stand, mochte über Leben und Tod entscheiden. Zweifellos hatte Chris getan, was Trautman ihm aufgetragen hatte, und die automatische Steuerung ausgeschaltet und das bedeutete nichts anderes, als dass die NAUTILUS gleich ganz von selbst anhalten – und ein hervorragendes Ziel bieten würde!

Dicht hintereinander polterten sie die schmale eiserne Leiter in den Turm und dann die Treppe zum Kommandoraum hinab. Das Schiff erbebte unter einer zweiten Explosion, die die Meeresoberfläche auseinander riss, und obwohl Mike die brüllende

Gischtsäule diesmal nicht sehen konnte, spürte er doch, dass sie weitaus näher lag als die erste. Unmöglich oder nicht – die Kanoniere der LEOPOLD schossen sich allmählich ein. Und sie hatten ja schon einmal eine Kostprobe von der Treffsicherheit der Kanonen des Kriegsschiffes bekommen. Es war nur noch eine Frage der Zeit, bis die erste Granate die NAUTILUS traf.

Mike stolperte hinter Trautman und Singh in den Kommandoraum. Er sah, dass Chris über die Kontrollen gebeugt dastand und ihnen voll Entsetzen entgegensah – die beiden Explosionen waren auch hier unten deutlich zu hören gewesen, aber Chris konnte ja nicht wissen, was der Lärm und die plötzlichen Erschütterungen bedeuteten. Mike warf einen Blick aus dem riesigen Aussichtsfenster, das einen Großteil der Steuerbordwand einnahm. Das Wasser, das hier normalerweise so kristallklar und durchsichtig war, dass man hunderte von Metern weit sehen konnte, sprudelte und schäumte.

»Was ist passiert?«, fragte Chris entsetzt. »Ich ... ich habe nur die automatische Steuerung ausgeschaltet. Wirklich, ich habe nichts angerührt!«

Offensichtlich glaubte Chris, dass der Lärm und die kochenden Wogen seine Schuld waren. Niemand antwortete, alle waren mit einem Sprung an ihrem Platz hinter den Kontrollen. Trautman selbst ließ sich in den Kapitänssessel fallen. Seine Hände schienen plötzlich zu eigenem Leben zu erwachen und ein Dutzend verschiedener Dinge gleichzeitig zu tun.

Aber auch Mike und die anderen waren für die nächsten Augenblicke vollauf beschäftigt. Sie hatten während der Fahrt

hierher Zeit genug gehabt, sich mit der Steuerung der NAUTILUS vollends vertraut zu machen, und sie hatten auch einen Fall wie diesen geübt – sozusagen aus dem Stand heraus Fahrt aufzunehmen und zu tauchen. Allerdings hätte sich wohl keiner von ihnen auch nur träumen lassen, dass sie ihre Übungen so schnell in die Praxis umsetzen würden – und dass es dabei um ihr Leben ging.

Und so war es auch. Mike warf einen Blick aus dem Fenster – und schloss geblendet die Augen, als die nächste Granate der LEOPOLD so nahe bei der NAUTILUS explodierte, dass der grelle Lichtblitz für einen Moment alle Farben auslöschte und schmerzende Nachbilder auf Mikes Netzhaut hinterließ. Eine halbe Sekunde später erbebte die NAUTILUS wie unter einem Hammerschlag. Mikes Herz machte einen erschrockenen Sprung, als er spürte, wie sich das riesige Tauchboot schwerfällig auf die Seite legte. Für ein paar Sekunden war das Meer vor dem Fenster verschwunden, und stattdessen fiel grelles Sonnenlicht in den Raum. Dann kippte das Schiff mit solcher Wucht in die Waagrechte zurück, dass Mike um ein Haar aus seinem Sessel geschleudert worden wäre.

»Das war knapp«, sagte Trautman trocken. »Machen wir, dass wir wegkommen. Ich fürchte, der nächste Schuss trifft.«

Das Meer vor dem Fenster begann allmählich dunkler zu werden, als das Schiff immer steiler in die Tiefe sank. Eine weitere Granate explodierte über ihnen und sie wurden erneut durchgeschüttelt; allerdings nicht mehr so heftig wie das letzte Mal.

»Dreißig ... vierzig ... fünfundvierzig Meter.« Trautman las die

Anzeige des Tiefenmessers laut ab. »Ich glaube, das reicht. Aber das war verdammt knapp.« Etwas im donnernden Takt der Maschinen änderte sich und der Boden begann sich wieder zu heben. Sie fuhren noch immer mit Höchstgeschwindigkeit, sanken aber nicht mehr tiefer.

Trautman richtete sich hinter seinem Kommandopult auf. Mike sah erst jetzt, dass sein Gesicht schweißnass war und seine Hände leicht zitterten. Trotz seiner äußerlichen Ruhe war ihm die entsetzliche Gefahr, in der sie alle geschwebt hatten, bewusst gewesen. Irgendwie fand Mike den Gedanken, dass auch Trautman Angst gehabt hatte, beruhigend, obwohl er sich dies im ersten Moment selbst nicht erklären konnte.

Singh betrat die Brücke. Sein Haar, sein Gesicht und seine Schultern waren nass, er hatte die Luke wohl im allerletzten Moment zubekommen und er schien gestürzt zu sein, denn er blutete aus einer kleinen Platzwunde über dem Auge. Noch ehe Trautman etwas sagen konnte, wandte er sich an Mike. »Seid Ihr verletzt, Herr?«

Mike schüttelte den Kopf.

»Was ... was ist überhaupt passiert?«, fragte Chris verdattert. »Ist ... ist irgendetwas kaputtgegangen?«

»Ja«, maulte Ben, ehe Mike oder Trautman antworten konnten. »*Wir* wären um ein Haar *kaputtgegangen.*« Er schoss einen giftigen Blick in Mikes Richtung ab und fügte böse hinzu: »Das war ein schöner Gruß von deinem Freund Winterfeld.«

»Winterfeld ist nicht mein Freund«, antwortete Mike ärgerlich. »Er ist –«

Trautman unterbrach ihn mit einer Handbewegung. »Auf-

»Sie ... sie ist von Sinnen, Herr Kapitän«, stammelte der Soldat. »Das ... das ist keine Katze. Das ist ein ... Ungeheuer!«

»Was für ein Quatsch!«, sagte Winterfeld. Trotzdem zögerte er sichtlich, die Hand nochmals nach der Türklinke auszustrecken und die Krankenstation zu betreten. Aber dann gab er sich einen Ruck, drückte die Klinke herunter und trat ein. Mike folgte ihm unaufgefordert, und weder Winterfeld noch einer seiner Männer versuchten ihn zurückzuhalten und das war auch gut so, denn hätte Winterfeld die Kabine allein betreten, dann wäre es vielleicht zu einer noch viel größeren Katastrophe gekommen.

Mike sah nur einen Schatten aus den Augenwinkeln, fuhr herum und wurde wuchtig gegen die Wand geschleudert, als Winterfeld mitten im Schritt zurückprallte und einen überraschten Schrei ausstieß. Auf seiner Brust hockte plötzlich etwas Schwarzes, Pelziges, das mit scheinbar dutzenden von Krallen und Zähnen zugleich nach seinem Gesicht hackte und biss. »Astaroth, nicht!«, schrie Mike. »Hör auf!«

Astaroth tobte wie ein Besessener. Seine Krallen fetzten durch Winterfelds dicke Uniformjacke, als bestünde sie aus Papier, und obwohl das Tier kaum zwanzig Pfund wiegen konnte, prallte Winterfeld unter seinem ungestümen Angriff erneut gegen die Wand und fiel auf ein Knie herab. Mit einer Hand versuchte er den Kater von seinem Gesicht und vor allem von seiner Kehle fern zu halten, mit der anderen griff er unter seine Jacke. Mike konnte nicht erkennen, was er da tat, aber es überkam ihn eine Ahnung ...

»Astaroth, hör auf!«, schrie Mike verzweifelt. »Er bringt dich um!«

Diesmal reagierte der Meerkater und sah Mike an – und Winterfeld nutzte seine Chance sofort. Mit einer kraftvollen Bewegung schleuderte er das Tier von sich und sprang auf die Füße. Astaroth flog quer durch die Kabine, kam geschickt auf allen vieren wieder auf und wirbelte wie ein schwarzer Blitz herum, um sich abermals auf Winterfeld zu stürzen.

Doch Winterfeld hatte die Sekunde, die er gewonnen hatte, genutzt. Seine Hand war wieder unter der Jacke hervorgekommen, und ganz wie Mike befürchtet hatte, lag jetzt eine Pistole darin.

Mit einem gellenden Schrei und weit ausgebreiteten Armen warf sich Mike zwischen Winterfeld und den Kater, sodass Astaroth nun gegen ihn prallte, statt gegen den deutschen Offizier.

Der Anprall riss Mike von den Füßen. Er stürzte, ließ Astaroth aber nicht los. Seine Hände krallten sich mit aller Macht in das dichte Fell. »Astaroth, hör auf!«, keuchte er wieder. »Er bringt dich um!«

Diesmal wirkten die Worte. Astaroth tobte und wand sich weiter in seinen Händen, aber er griff Mike nicht an, und nach einigen Augenblicken wagte er es, sich vorsichtig aufzurichten, wobei er den Kater mit beiden Armen umklammert hielt und ihn so fest an die Brust drückte, dass er kaum noch Luft bekam.

Winterfeld stand in einiger Entfernung und beobachtete Mike und Astaroth aufmerksam. Die Waffe hielt er dabei unverwandt auf den Kater gerichtet und Mike zweifelte keine Sekunde daran, dass er davon Gebrauch machen würde, wenn Astaroth noch einmal versuchte ihn anzugreifen.

»Sie können die Pistole einstecken«, sagte Mike. »Er wird Ihnen nichts mehr tun.«

Winterfeld dachte nicht daran, die Waffe auch nur zu senken. Aber er entspannte sich ein wenig. »Ich glaube, du hast gerade einem von uns das Leben gerettet«, sagte er, wobei er offen ließ, ob er dabei sich und Mike oder sich und den Kater meinte. »Aber besonders klug war das nicht.«

Mike zog es vor, ihm nicht zu widersprechen. Stattdessen wandte er sich zu dem Bett um, in dem Serena lag, während Winterfeld nach dem verletzten Soldaten sah. Mike registrierte, dass dieser direkt unter der Delle lag, die in der Metallwand zum Korridor hin entstanden war. Was um alles in der Welt hatte Astaroth mit ihm getan?

Was er verdient hat, antwortete Astaroths lautlose Stimme in seinem Kopf. *Sie haben versucht der Prinzessin wehzutun. Das kann ich nicht zulassen.*

Mike seufzte. »Der Arzt wollte ihr nur helfen, Astaroth«, sagte er laut. Winterfeld sah auf und maß ihn mit einem stirnrunzelnden Blick.

Er hat ihr in den Arm gestochen!, beharrte Astaroth.

»Er hat ihr nur eine Spritze mit einem Stärkungsmittel geben wollen, Astaroth«, sagte Mike geduldig. »Das tut ein bisschen weh, aber nicht mehr.«

Astaroth schwieg, funkelte ihn aber weiter misstrauisch aus seinem Auge an und sprang mit einem Satz auf Serenas Bett. Wie schon einmal erwachte das Mädchen fast augenblicklich aus seiner Lethargie, als es die Nähe des Katers spürte, und streckte die Hand nach ihm aus. Astaroth begann zu schnurren, als sie ihn kraulte. Aber als Winterfeld näher kam, machte er einen Buckel und fauchte.

Winterfeld blieb stehen. »Du kannst dich also tatsächlich mit ihm verständigen«, sagte er.

Mike schwieg. Es hatte auch keinen Sinn, zu leugnen.

»Du solltest ihm wirklich gut zureden«, fuhr Winterfeld fort. »Wenn er noch einmal einen meiner Männer verletzt, lasse ich ihn erschießen.«

Astaroth fauchte. Winterfeld musterte ihn kühl und wich einen Schritt vom Bett zurück, steckte seine Waffe aber immer noch nicht ein.

Plötzlich begann sich Serena zu regen. Sie hatte bisher – außer auf Astaroth – auf nichts irgendeine Reaktion gezeigt, aber nun spürte Mike, wie unruhig und nervös sie war. Irgendetwas ... geschah. Er konnte es deutlich fühlen.

»Sie sollten so etwas nicht sagen, wenn sie es hört«, sagte Mike leise.

Und auch nicht, wenn ich es höre, fügte Astaroth in seinen Gedanken hinzu.

Winterfeld zog es vor, nicht weiter auf dieses Thema einzugehen, sondern wandte sich abrupt zur Tür und öffnete sie. Einige Soldaten betraten den Raum, hielten aber respektvoll Abstand zu Serenas Bett – wohl des Katers wegen –, während der Arzt, obwohl selbst verletzt, sich um den verwundeten Soldaten kümmerte.

Mike registrierte dies alles nur mit einem flüchtigen Blick. Seine ganze Aufmerksamkeit galt jetzt Serena, die sich mittlerweile halb im Bett aufgesetzt hatte und die ganze Szene aus vor Angst geweiteten Augen betrachtete. Mike versuchte sich vorzustellen, welchen Eindruck das, was sie sah, auf sie machen mochte, aber seine Fantasie kapitulierte vor dieser Aufgabe.

»Kannst du ... mich verstehen?«, fragte er zögernd. Er konnte nicht sagen, ob Serena die Worte verstand oder nur auf seine Stimme reagierte – auf jeden Fall drehte sie langsam den Kopf und sah ihn aus ihren großen, dunklen Augen an, und ...

Auch hinterher fehlten Mike einfach die Worte, um zu beschreiben, was in der endlosen Sekunde, in der sich ihre Blicke trafen, vor sich ging. Es war mehr als nur ein Berühren der Blicke, das zwischen ihnen stattfand. Wie schon einmal fühlte sich Mike dem Mädchen so nahe und so tief verbunden, wie niemals zuvor einem anderen Menschen, und es war ein Gefühl von solcher Wärme und Wohltat, dass er hoffte, es würde nie enden.

»Kannst du mich verstehen?«, fragte er noch einmal. Als Serena auch jetzt nicht antwortete, sondern ihn nur unverwandt anblickte, fügte er lächelnd hinzu: »Du musst keine Angst haben. Wir wollen dir helfen.«

Wieder streckte er die Hand nach dem Mädchen aus, führte die Bewegung aber nicht zu Ende, denn Astaroth schob sich drohend zwischen ihn und das Mädchen und machte einen Buckel. Sein einzelnes Auge funkelte tückisch.

Fass sie nicht an!, erscholl die lautlose Stimme des Katers in seinen Gedanken.

»Hör endlich mit dem Blödsinn auf, Astaroth«, sagte Mike. »Was soll das? Ich stehe auf deiner Seite!«

Ich bin nicht mehr sicher, dass hier irgendeiner auf meiner Seite steht, antwortete der Kater gereizt.

»Sei vernünftig, Astaroth«, sagte Mike. »Der Mann dort ist Arzt. Alles, was er tut, geschieht nur, um Serena zu helfen.«

Langsam streckte er die Hand wieder aus und diesmal ließ Astaroth es zu, dass er Serenas Hand erfasste.

Das Mädchen erschauerte unter seiner Berührung, aber auch Mike verspürte ein kaltes Frösteln. Serenas Haut war eiskalt und sie fühlte sich glatt und hart an, fast wie kaltes Porzellan, kaum wie lebendiges Fleisch. Er merkte, wie ihr Puls raste, aber irgendetwas sagte ihm, dass es nicht nur die Furcht war, die ihr Herz schneller schlagen ließ.

»Ich weiß nicht, ob du mich verstehst«, sagte er langsam und deutlich und bemühte sich, seiner Stimme einen beruhigenden Tonfall zu geben. »Aber wir werden versuchen dir zu helfen. Diese Männer sind nicht deine Feinde.«

Er war plötzlich ganz sicher, dass das stimmte. Und etwas von dieser Gewissheit schien sich auf Serena zu übertragen, denn zum ersten Mal überhaupt lächelte sie; wenn auch nur schwach und voller mühsam niedergehaltener Furcht.

»Du kannst dich auch mit ihr verständigen«, sagte Winterfeld. Er kam langsam näher. Astaroth drehte sich zu ihm, bleckte die Zähne und stieß ein drohenden Fauchen aus und Winterfeld verharrte für einen Moment im Schritt und musterte den Kater finster. Seine Hand glitt zu den tiefen, blutigen Kratzern, die ihm Astaroth zugefügt hatte. Aber seine Faszination erwies sich als stärker, er ging weiter, blieb unmittelbar neben dem Bett stehen und lächelte Serena zu.

Und dann beging er einen Fehler, der ihn – und vielleicht auch die anderen auf dem Schiff – um ein Haar das Leben gekostet hätte. Er streckte die Hand aus, um Serena zu berühren, wie Mike es tat.

»Nein!«, sagte Mike erschrocken. »Tun Sie das nicht!«

Es war zu spät! Alles geschah so schnell, dass Winterfeld nicht einmal mehr hätte reagieren können, wenn er es gewollt hätte. Astaroths Fauchen steigerte sich zu einem schrillen Schrei, mit dem er in die Höhe schnellte und Winterfeld ansprang, die Krallen drohend vorgestreckt und die Zähen gefletscht. Winterfeld riss schützend die Arme vor das Gesicht und zog den Kopf zwischen die Schultern.

Ein Schuss fiel. In dem Raum hörte sich das Geräusch wie ein Kanonenschlag an. Eine grelle, orangerote Feuerlanze stach nach Astaroth und der Kater wurde mitten im Sprung herumgewirbelt, als wäre er von einem Faustschlag getroffen worden. Aus seinem Fauchen wurde ein gepeinigtes Kreischen, während er durch die Luft flog und knapp neben dem Kopfende von Serenas Bett gegen die Wand prallte. Hilflos rutschte er daran herunter und blieb liegen.

Winterfeld fuhr herum. Noch bevor der Kater ganz zu Boden gefallen war, hatte er den Mann erreicht, der auf ihn geschossen hatte, und entriss ihm das Gewehr. »Sie Idiot!«, brüllte er. »Wer hat Ihnen das erlaubt?! Sind Sie wahnsinnig geworden?«

Er schleuderte das Gewehr zu Boden und drehte sich wieder zu Mike herum. »Es tut mir Leid«, sagte er keuchend. »Das wollte ich nicht, das musst du mir glau –«

Er sprach nicht weiter, denn sein Blick war auf Serena gefallen. Alle Farbe wich aus seinem Gesicht und auch Mike spürte, wie sich ein eisiger, lähmender Schrecken in ihm breit zu machen begann.

Serena hatte sich stocksteif im Bett aufgerichtet. Einige Sekunden lang hing ihr Blick wie gebannt an dem Körper des schwarzen Katers, der reglos und in einer rasch größer werdenden Blutlache neben ihrem Bett lag, und dann ...

Irgendetwas geschah mit ihr. Mike spürte förmlich diese Veränderung und es war keine Veränderung zum Guten. Dabei regte sich in ihrem Gesicht kein Muskel – aber in ihren Augen erwachte etwas, was dunkel und wild und von unglaublicher Stärke war.

»Nein, Serena«, sagte Mike beschwörend. »Nicht!«

»Was soll das heißen!« Winterfeld sah ihn an. »Was tut sie?« Auch er schien zu spüren, dass irgendetwas mit dem Mädchen vor sich ging.

»Ich weiß es nicht«, antwortete Mike. »Aber ich –«

Ein Krachen und Splittern erscholl. Mike, Winterfeld und alle anderen fuhren herum und starrten auf den Medizinschrank, in dem eines der kleinen Glasfläschchen explodiert war.

Es blieb nicht das einzige. Fasziniert und entsetzt zugleich sah Mike, wie die Flüssigkeiten in den kleinen Glasfläschchen plötzlich zu brodeln begannen. Winzige Taifune schienen ihre Oberflächen zu kräuseln – und dann explodierten die Fläschchen, eines nach dem anderen und jedes mit größerer Wucht. Der ganze Schrank zitterte, eine Sekunde später flogen die gläsernen Türen wie unter einem Hammerschlag auseinander und überschütteten die Männer in ihrer unmittelbaren Nähe mit Scherben und Splittern.

Panik brach aus. Die Männer rissen schützend die Arme vor das Gesicht und versuchten die Tür zu ereichen, wobei einige von ihnen gegeneinander stießen und zu Boden stürzten. Von draußen drängten die auf dem Gang zurückgebliebenen Soldaten herein, alarmiert durch den Schuss und die Schreie.

Nun begannen auch die größeren Behälter und Tiegel zu zittern; manche explodierten, wie die kleinen Glasfläschchen zuvor, andere hüpften wild auf und ab oder flogen auch wie von Geisterhand bewegt urplötzlich durch die Luft, um an den Wänden oder auf dem Boden zu zerschellen, und nicht wenige davon trafen Winterfelds Männer.

Mike war überrascht einen Schritt zurückgetaumelt, als das Chaos losbrach, aber er war – vielleicht mit Ausnahme Winterfelds, der die Wahrheit zumindest zu ahnen schien – der Einzige, der wusste, *wer* für diese plötzliche Katastrophe verantwortlich sein mochte. Geduckt und die Arme schützend über dem Kopf zusammengeschlagen, um nicht von einem herumfliegenden Trümmerstück im Gesicht getroffen zu werden, versuchte er sich an Serena zu wenden, doch er hatte kaum einen halben Schritt getan, da fühlte er sich wie von einer unsichtbaren Faust getroffen und so wuchtig gegen die Wand geschleudert, dass ihm die Luft wegblieb und er nichts als bunte Sterne sah. Hilflos sackte er zu Boden.

Als er wieder halbwegs klar denken – und sehen – konnte, hatte sich die Krankenstation in ein wahres Chaos verwandelt.

Fast alle von Winterfelds Männern lagen auf dem Boden, viele von ihnen bluteten aus Schnittwunden, die ihnen die herumfliegenden Glassplitter zugefügt hatten, und wer noch auf den Beinen war, der versuchte aus dem Raum zu kommen.

»Serena, *hör auf!*«, schrie Mike. Eine unsichtbare Gewalt tobte durch den Raum und begann alles zu zerschmettern, was sich ihr in den Weg stellte. Das Licht flackerte, und in die Schreie der Männer und das noch immer anhaltende Klirren des zerberstenden Glases mischte sich ein unheimliches an- und abschwellendes Wimmern.

Mike rappelte sich hoch und versuchte abermals Serena zu erreichen. Er wusste plötzlich, dass das hier nur der Anfang war. Serena hatte die unvorstellbaren Kräfte entfesselt, über die sie, genau wie ihre Vorfahren, die Zauberkönige von Atlantis, gebot und deren Macht längst nicht damit erschöpft war, Winterfelds Männer anzugreifen und Gläser explodieren zu lassen. Bevor er jedoch zum Bett kam, wurde er zurückgerissen. »Bist du verrückt geworden?«, schrie Winterfeld und begann ihn auf die Tür zuzuzerren. Mike versuchte mit aller Kraft Winterfelds Griff zu entkommen. »Aber ich muss –«

»Willst du, dass sie dich umbringt?«, unterbrach ihn Winterfeld. »Nichts wie raus hier!« Ohne weiter auf ihn zu hören, zerrte er Mike hinter sich her.

Bevor sie auf den Korridor hinausliefen, wandte Mike noch einmal den Kopf und sah zu Serena zurück und das Bild, das sich ihm bot, ließ ihn bis ins Innerste erschauern: Serena stand hoch aufgerichtet in ihrem Bett. Ihr Gesicht war jetzt nicht mehr ausdruckslos, sondern zu einer Maske aus Zorn und Schmerz geworden, und ihr Haar und ihr Gewand schienen von einem unsichtbaren Sturmwind gepeitscht zu werden.

Winterfeld zerrte ihn vollends aus dem Raum und versetzte ihm einen Stoß, der ihn in die Arme eines Soldaten taumeln ließ. Gleichzeitig begann er mit lauter Stimme Befehle zu erteilen.

»Tür zu!«, rief er. »Und verbarrikadiert sie. Das Mädchen darf auf keinen Fall herauskommen!«

»Aber hören Sie mir doch zu!«, schrie Mike verzweifelt. »Sie können sie nicht aufhalten, glauben Sie mir! Nur ich kann es versuchen!«

Seine einzige Möglichkeit, sich mit Serena zu verständigen, war Astaroth gewesen. Jetzt, wo der Kater tot war, musste er direkt mit ihr in Verbindung treten. Und etwas sagte ihm, dass es ihre einzige Chance war, mit dem Leben davonzukommen. Er musste plötzlich wieder an das denken, was er von Arronax erfahren hatte – Atlantis war untergegangen, weil seinen Herrschern die Fähigkeit abhanden gekommen war, ihre unheimlichen Kräfte zu kontrollieren.

Aber Winterfeld beachtete ihn nicht. Die Tür, die er hinter sich zugeworfen hatte, begann jetzt unter einer Reihe harter Schläge zu erzittern und in dem massiven Metall entstanden gewaltige Beulen, als tobe auf der anderen Seite ein außer Rand und Band geratener Elefant. Vier, fünf Soldaten zugleich warfen sich gegen die Tür und versuchten sie zuzudrücken, aber nicht einmal das schien auszureichen.

»Winterfeld!«, schrie Mike so laut er konnte. »Lassen Sie mich zu ihr! Vielleicht kann ich sie aufhalten!«

Aber Winterfeld schüttelte nur den Kopf und machte eine

befehlende Geste. »Bringen sie den Jungen zurück. Und schicken Sie Verstärkung hierher. Die Männer sollen einen Balken oder irgendetwas mitbringen, um die Tür zu sichern!«

Mike hätte am liebsten losgeheult. Er versuchte noch einmal Winterfeld zuzuschreien, dass er ihn in die Kabine und zu Serena lassen sollte, aber der Soldat zerrte ihn bereits grob hinter sich her, in Richtung Treppe.

Weitere Soldaten kamen ihnen entgegen und schließlich stolperte Mike, angetrieben durch eine Reihe unsanfter Stöße, auf das Deck der LEOPOLD hinauf.

Was er sah, erschreckte ihn bis ins Mark. Vor einer halben Stunde, als er zur Krankenstation hinuntergebracht worden war, war der Himmel über dem Schiff wolkenlos und klar gewesen; von jenem fast unnatürlich strahlenden Blau, wie man es nur in diesem Teil der Welt und selbst hier nur selten zu sehen bekommt. Jetzt wirkte diese Farbe verwaschen und blass. Am Horizont begannen sich schwarze Wolken zusammenzuballen und das Meer wirkte stumpf wie ein Spiegel, den jemand mit Schmirgelpapier bearbeitet hatte. Das Wimmern, das er schon unten im Schiff gehört hatte, war jetzt viel deutlicher zu vernehmen und er spürte ein ganz sachtes Kribbeln auf der Haut, wie vor einem bald ausbrechenden Gewitter.

Auch sein Begleiter hatte den plötzlichen Wetterumschwung bemerkt und hielt mitten im Schritt inne. Ein verblüffter Ausdruck erschien auf seinem Gesicht und Mike fasste ein letztes Mal Hoffnung. »Ich muss zurück!«, sagte er. »Bringen Sie mich zurück zu Winterfeld – bitte! Sehen Sie nicht, was –«

»Ich sehe, dass ein Gewitter kommt«, unterbrach ihn der

Soldat und versetzte ihm einen derben Stoß zwischen die Schulterblätter. »Na und? Und jetzt mach keinen Ärger oder *ich* mache *dir* welchen.«

Mike gab auf. Der Mann konnte gar nicht verstehen, was dieser vermeintliche »Wetterumschwung« zu bedeuten hatte. Es war kein Unwetter; und schon gar kein normales. Aus den dunklen Wolken am Horizont wurden schwarze, gigantische Wolkengebirge, die mit geradezu unheimlicher Schnelligkeit über den Himmel herankrochen, und noch bevor Mike und sein Begleiter den Achteraufbau des Schiffes erreichten, heulten die ersten Sturmböen über das Deck der LEOPOLD. Mike spürte, wie das gewaltige Schiff unter seinen Füßen zu zittern begann. Das Kribbeln auf seiner Haut wurde stärker. Der Sturm näherte sich dem Schiff mit geradezu unheimlicher Schnelligkeit. Als sie die metallene Treppe hinuntergingen, die zu dem Korridor mit ihren Quartieren führte, war das Heulen des Sturmes bereits so laut geworden, dass es selbst hier drinnen deutlich zu hören war. Es wurde rasch dunkler.

Ein erster, noch weit entfernter Donnerschlag rollte vom Meer heran, als sie in den Korridor einbogen, und durch die offen stehende Tür über ihnen flackerte das unheimliche blaue Licht eines Blitzes. Das Schiff erbebte, als sich ein neuer, machtvollerer Rhythmus in das gleichmäßige Wiegen der Wellen mischte. Der Mann neben ihm wurde plötzlich nervös.

Trotzdem sparte er sich die Mühe, den Mann noch einmal zu bitten, ihn zu Winterfeld zurückzubringen. Der Soldat hatte seine Befehle und die würde er ausführen, ganz egal was geschah. Wortlos betrat er die Kabine, in der die anderen bereits ungeduldig auf ihn warteten, und begann sofort zu berichten, noch bevor der Soldat wieder gegangen war und die Tür hinter sich verriegelt hatte.

Blitz und Donner hatten Mikes knappe Erzählung auf unheimliche Weise untermalt, sodass er sich kaum noch Mühe zu geben brauchte, die anderen von der Wahrheit dessen zu überzeugen, was er berichtete. Selbst Ben, der aus Prinzip allem und jedem widersprach, sah ihn nur voller Schrecken an. Der Sturm war viel schneller heraufgezogen, als es überhaupt möglich war, und obwohl er das Schiff noch nicht erreicht hatte, schaukelte die LEOPOLD schon jetzt auf den Wellen wie ein kleines Boot auf bewegter See, nicht wie das gewaltige Kriegsschiff, das sie war.

Wie schon einmal war es auch jetzt Arronax, der das unangenehme Schweigen brach, das sich nach Mikes Erzählungen in der Kabine ausbreitete.

»Winterfeld wird das Mädchen nicht ewig in der Krankenstation gefangen halten können«, sagte er. »Früher oder später –«

»Wenn kein Wunder geschieht, Professor«, unterbrach ihn Mike, »dann wird es kein *Später* mehr geben.« Er deutete auf das Bullauge, hinter dem die Blitze immer rascher aufeinander folgten und das Meer in ein unheimliches, schattenloses Flackerlicht tauchten. In das Heulen des Sturmes, das mittlerweile fast lauter war als das Geräusch der Maschinen, hatte sich noch ein anderer Laut gemischt, den Mike nicht identifizieren konnte. »Ich bin nicht sicher, dass Serena selbst diese Gewalten noch bändigen kann.«

Arronax sah zum Bullauge und schwieg, aber Trautman sagte mit ernster Stimme: »Ich habe eine Menge Stürme auf See erlebt, aber nie so etwas. Ein Sturm kommt nicht einfach aus dem Nichts. Wir müssen etwas unternehmen.«

»Und was?«, fragte Juan.

Die Frage galt Trautman, aber es war trotzdem Mike, der sie beantwortete. »Winterfeld warnen. Er hat ja keine Ahnung, welche Gefahr er heraufbeschworen hat. Wenn es Serena nicht gelingt, die Gewalten wieder zu bändigen, die sie entfesselt hat, dann ist vielleicht nicht nur dieses Schiff in Gefahr.« Er zögerte einige Augenblicke, weil er Angst vor dem hatte, was er aussprechen musste. »Was wir erleben, sind die gleichen Gewalten, die Atlantis zerstört haben.«

Alle sahen ihn betroffen an und dann sagte Ben leise: »Und alles nur wegen dieser blöden Katze!«

»Es ist nicht nur wegen der Katze«, verbesserte ihn Trautman, während er Mike einen raschen, beruhigenden Blick zuwarf. »Versuch dich doch in das Mädchen hineinzuversetzen. Sie wacht in einer vollkommen fremden Welt auf, voller unbekannter Menschen, die eine unverständliche Sprache sprechen und Dinge tun, die ihr wahnsinnige Angst machen. Das Einzige, was sie kennt, ist der Kater – und dann muss sie mit ansehen, wie er vor ihren Augen erschossen wird. Was hättest du –«

In diesem Moment flammte draußen über dem Meer ein gleißender, strahlend weißer Blitz auf, fast sofort gefolgt von einem ungeheuerlichen Donnerschlag, und keine halbe Sekunde später schien die LEOPOLD von der Faust eines Giganten getroffen zu werden.

Der Schlag war so heftig, dass sie alle von den Beinen gerissen wurden. Das Schiff legte sich auf die Seite, sodass sie haltlos über den plötzlich schrägen Boden rutschten, und in das nur langsam verhallende Echo des Donnerschlages mischte sich ein immer lauter werdendes Krachen und Poltern, das aus allen Teilen der LEOPOLD zugleich zu dringen schien. Mike schrie vor Schmerz auf und hörte die anderen schreien, griff ins Leere und versuchte vergeblich sich irgendwo festzuklammern. Aber es gab nichts mehr, woran er Halt hätte finden können – was vom Mobiliar nicht von der gewaltigen Erschütterung zertrümmert worden war, das war zusammen mit ihnen gegen die linke Wand der Kabine gerutscht.

»Was war das?«, keuchte Arronax, der es als Erster geschafft hatte, auf die Füße zu kommen.

Wie zur Antwort darauf ertönte ein zweiter, noch lauterer Donnerschlag. Wieder erbebte das Schiff bis in den letzten Winkel. Arronax stürzte wieder, und als sich das Schiff diesmal auf die andere Seite legte, schlitterte er auf die Tür zu. Aus dem Inneren der LEOPOLD antwortete eine krachende Explosion auf den Donnerschlag.

Arronax prallte gegen die Tür – und rutschte hindurch! Die gewaltige Erschütterung musste das Schloss aufgesprengt haben.

Nur Sekunden später schlitterten Mike und die anderen ebenfalls durch die Tür. Mike hatte weniger Glück als der Professor. Sein Oberkörper wurde unsanft an den Türrahmen gepresst und er prallte so heftig gegen die Wand des Korridors, dass er das Gefühl hatte, die Beine wären ihm bis zu den Schultern hinauf in den Leib gerammt worden. Neben ihm schlug Singh hart auf dem Boden des Korridors auf, und Mike hörte den Aufprall der anderen hinter ihnen und wie sie vor Schmerz aufschrien.

Doch das Glück blieb ihnen treu. Niemand war verletzt worden und von den beiden Posten, die vor ihrer Tür Wache gestanden hatten, war nichts mehr zu sehen. Offensichtlich hatten sie die Flucht ergriffen, als die Katastrophe begann.

Singh sprang als Erster auf die Füße und zerrte Mike mit sich. »Nichts wie raus hier!«, befahl er. »An Deck! Schnell! Wir müssen die NAUTILUS erreichen!« Er wollte loslaufen, doch dann hielt er mitten in der Bewegung inne und fuhr zu Arronax herum.

»Wo sind Ihre Leute, Professor?«, fragte er atemlos.

»In einer Kabine im Heck«, antwortete Arronax.

»Nicht weit von hier.«

»Holen Sie sie!«, befahl Singh. »Schnell! Wir versuchen zur NAUTILUS zu gelangen. Vielleicht können wir in dem Durcheinander entkommen.«

Arronax stürmte davon, und jetzt, wo Singhs Worte allen klar gemacht hatten, welche unerwartete Chance ihnen das Schicksal bot, gab es kein Halten mehr. So schnell, wie es der noch immer wild hin und her schwankende Boden zuließ, rannten sie den Korridor entlang und die Treppe hinauf.

Aus dem Grollen des Gewitters wurde der apokalyptische Lärm eines Höllensturmes, kaum dass sie auf das Deck hinaustraten. Die Blitze kamen so rasch hintereinander, dass der Himmel über dem Schiff fast taghell erleuchtet war. Ein eiskalter Wind schlug ihnen ins Gesicht und war von solcher Stärke, dass sie sich nur gebückt und schräg gegen ihn gestemmt vorwärts bewegen konnten. Vom Heck her flackerte roter Feuerschein, aber Mike wagte es nicht, sich umzuwenden. Er brauchte jedes bisschen Kraft, um nicht von den Beinen gerissen zu werden.

Er konnte Singh und die anderen nur noch als Schemen vor sich erkennen. Die Decksaufbauten der LEOPOLD waren hinter dem wie ein Wasserfall herunterbrausenden Regen verborgen, doch er konnte sehen, dass die Reling – aber auch einer der Geschütztürme des Schiffes – vom Blitz getroffen worden sein mussten, denn das Metall war an einigen Stellen schwarz und verkohlt, hier und da glühte es gar noch. Das war wohl auch der Grund für die Explosion gewesen, die sie gehört hatten.

Singh schrie irgendetwas, aber der Sturm riss ihm die Worte von den Lippen, sodass Mike ihn nicht verstehen konnte. Er sah nur, wie er nach vorne deutete. Das Tauchboot befand sich an der anderen Seite der LEOPOLD, so tief unter der hoch liegenden Reling des Kriegsschiffes, dass sie es von hier aus nicht sehen konnten. Mike spürte mit unerschütterlicher Sicherheit, dass sie nur diese eine Chance hatten. Was immer es war, was der LEOPOLD zustieß – es begann erst. Hinter der Mauer aus schwarzen Gewitterwolken, die das Schiff von allen Seiten umgab, ballten sich unvorstellbare zerstörerische Gewalten zusammen, die die LEOPOLD einfach zermalmen würden.

»Was ist mit Serena?«, brüllte er, so laut er konnte.

Seine Worte wurden vom Sturm davongetragen wie die Singhs zuvor, und Mike war plötzlich nicht einmal mehr sicher, dass sie die andere Seite des Schiffes überhaupt erreichen würden. Das Toben des Sturmes nahm immer mehr an Heftigkeit zu und hinter der schwarzen Wolkenmauer glaubte Mike nun tatsächlich etwas zu sehen, was sich dort zusammenballte und dem Schiff näherte. Doch bevor er noch einen zweiten Blick dorthin werfen konnte, prallte er gegen Singh, der abrupt stehen geblieben war.

In den Decksaufbauten vor ihnen war eine Tür aufgeflogen. Eine Gruppe bewaffneter Männer – und darunter auch Kapitän Winterfeld – stürmte ins Freie. Hinter ihnen trat Serena auf das Deck heraus.

Aber wie hatte sie sich verändert!

Aus dem bleichen, zarten Mädchen schien ein Todesengel geworden zu sein. Ihre Gestalt war von einem unheimlichen, bläulich weiß flackernden Licht umgeben, das sie wie ein Mantel aus purer Energie umfloss. Ihr Haar und das weiße Kleid wurden noch immer von einem unsichtbaren Sturmwind gepeitscht und auf ihrem Gesicht lag ein Ausdruck solch unbändigen Zornes, dass Mike bei ihrem Anblick aufstöhnte. Er konnte die Aura vernichtender Kraft um das Mädchen herum regelrecht fühlen.

Die Männer stürmten davon, aber irgendetwas folgte ihnen. Einer nach dem anderen wurde gepackt und zu Boden oder gegen die Wand geschleudert, und mehr als einer von ihnen hatte nicht mehr die Kraft, sich zu erheben und seine Flucht fortzusetzen. Es waren kampferprobte Soldaten, aber dieser Feind ließ sich nicht mit Mut oder der Gewalt ihrer Waffen besiegen. Es war, als hätte Serenas Zorn Gestalt in dem Sturm angenommen, der über die LEOPOLD und ihre Besatzung hereingebrochen war.

Trotzdem verspürte Mike keine Angst um sich oder die anderen, sondern um Serena selbst. Und plötzlich tat er etwas Überraschendes – mit einer raschen Bewegung sprang er an Singh vorbei, lief im Zickzack zwischen Trautman und den anderen Jungen hindurch und näherte sich dem Mädchen.

Er kam ihr nicht sehr weit entgegen, da fühlte er sich von der gleichen, unsichtbaren Gewalt wie all diese Männer hier gepackt und mit fürchterlicher Wucht zu Boden geschleudert. Hilflos rutschte er über das Deck, riss sich auf dem harten Metall Hände und Knie auf und prallte gegen eine Gestalt, die unmittelbar hinter ihm zu Boden gefallen war. Erst als er sich benommen aufzurichten versuchte und eine Hand auf der Schulter fühlte, erkannte er, dass es Winterfeld war.

»Bist du verrückt geworden?«, fuhr ihn Winterfeld an. »Willst du, dass sie dich umbringt?«

Mike machte sich hastig los und versuchte erneut auf Serena zuzulaufen, aber diesmal hielt ihn Winterfeld mit eiserner Hand zurück. »Lassen Sie mich los!«, keuchte Mike. »Ich kann sie aufhalten! Sie wird auf mich hören!«

»Fünfzig meiner Männer haben sie nicht aufhalten können!« Winterfeld schrie, um das Heulen des Sturmes zu übertönen. Trotzdem waren seine Worte kaum zu verstehen. »Und du willst mit ihr *reden?* Mach dich nicht lächerlich!«

Aus den tobenden Regenschleiern kam eine Gestalt auf sie zu. Es war Singh. Winterfeld erkannte ihn im selben Moment, in dem der Sikh sah, wer Mike gepackt hielt, und obwohl rings um sie herum die Welt in Stücke brach, schienen die beiden Männer wild entschlossen, sich aufeinander zustürzen. Und vielleicht hätten sie es sogar getan, wäre nicht in diesem Moment etwas geschehen, was sie selbst den Höllensturm, die Todesgefahr und Serena für eine Sekunde vergessen ließ.

Eine besonders heftige Sturmböe riss die Wolkenfront auseinander und sie sahen, was dahinter herankam ...

»O mein Gott!«, flüsterte Winterfeld. Seine Augen wurden groß und sein Gesicht verlor jegliche Farbe und Mike spürte, wie sein Herzschlag stockte.

Es war eine Welle.

Aber es war nicht eine gewöhnliche Welle. Es war eine kompakte, glitzernde Wand aus Wasser, fünfzig, wenn nicht hundert Meter hoch und so breit, dass sie von einem Horizont zum anderen zu reichen schien. Und sich näherte sich dem Schiff mit unvorstellbarer Geschwindigkeit. Ein tiefes, ungeheuer machtvolles Dröhnen und Grollen mischte sich in das Brüllen des Sturmes und sogar das Gewitter hielt für einen Moment inne, als fürchteten sich selbst die Naturgewalten vor den Kräften, die das Mädchen entfesselt hatte. »Festhalten!«, brüllte Winterfeld, und sie fanden gerade noch Zeit, es zu tun, dann war die Welle heran und traf das Schiff.

Mike hatte mit einem vernichtenden Schlag gerechnet, der die LEOPOLD einfach in Stücke riss oder vielleicht auch zur Gänze unter die Wasseroberfläche drückte, aber ganz im Gegenteil: Mike fühlte sich plötzlich leicht, und es war, als ob der Boden unter ihm wegsackte, statt sich aufzubäumen und ihn abzuschütteln, wie ein bockendes Pferd seinen Reiter.

Erst dann begriff er, dass die gigantische Woge das ganze Schiff gepackt und in die Höhe gehoben hatte!

Er fand nicht einmal die Zeit, den Schrecken darüber wirklich zu spüren, da stürzte die LEOPOLD wie ein Berg aus Stahl ins Wasser zurück. Für den Bruchteil einer Sekunde befand sich ihr Deck unter der Wasseroberfläche, aber noch ehe das Meer es überspülen konnte, da wurde das Schiff schon wieder in die Höhe gerissen und auf die Seite gedrückt, so schnell und so weit, dass aus dem Deck nahezu eine senkrechte Wand wurde. Mike schrie in Todesangst auf, während er auf die Reling zuschlitterte. Rings um ihn herum flogen Trümmer und schreiende Menschen durch die Luft und die kochende Wasseroberfläche schien ihm regelrecht entgegenzuspringen.

Im allerletzten Moment richtete sich das Schiff wieder auf. Mike rutschte noch ein Stück weiter, prallte gegen irgendetwas Hartes, Großes, das seinen Sturz endgültig abbremste, und blieb eine Sekunde mit geschlossenen Augen und wild klopfendem Herzen liegen, fest davon überzeugt, dass der Tod nun unausweichlich war.

Als er es wagte, die Augen wieder zu öffnen, bot sich ihm ein Anblick des Chaos.

Die ungeheure Erschütterung hatte nicht nur jeden Mann auf dem Deck von den Füßen gerissen, sondern auch enorme Zerstörungen angerichtet. Die Flammen im Heck der LEOPOLD waren erloschen, doch einer der großen Geschütztürme war abgerissen und verschwunden und die Kommandobrücke stand plötzlich schräg da, als wäre sie vom Fußtritt eines zornigen Riesen getroffen worden. Etliche der Männer, die zusammen mit Winterfeld nach oben gekommen waren, hatte das Wasser über Bord gespült, viele lagen stöhnend am Boden und einige regten sich nicht mehr.

Mike fuhr herum und suchte nach den anderen. Er entdeckte Juan und Chris ganz in der Nähe, beide schreckensbleich und zitternd aneinander geklammert, aber offensichtlich unverletzt. Und zu seiner großen Erleichterung gewahrt er jetzt auch Ben, André und schließlich sogar Trautman, Arronax und den Sikh. Hastig sprang Mike auf und eilte zu Trautman, der sich in diesem Moment ebenfalls erhob; benommen, aber bis auf ein paar kleine Kratzer und Schrammen ebenfalls unversehrt.

Als er ihn erreichte, sah er, wie sich Winterfeld kaum einen Meter entfernt stöhnend auf die Knie erhob – und Trautman etwas völlig Überraschendes tat. Er trat zu Winterfeld, ergriff ihn am Arm und zog ihn mit einem kraftvollen Ruck vollends auf die Füße.

»Großer Gott!«, stammelte Winterfeld. »Sie ... sie vernichtet das Schiff! Sie wird uns alle töten!« Verzweifelt sah er sich nach Serena um, und als Mike in die gleiche Richtung schaute, entdeckte er das Mädchen an genau der Stelle, an der sie vor der Katastrophe gestanden hatte. Der Zorn auf ihrem Gesicht loderte noch immer so heiß wie zuvor und Mike musste nur einen einzigen Blick in ihre Augen werfen, um zu wissen, dass es noch immer nicht vorbei war. Winterfeld hatte Recht. Serena würde nicht aufhören, ehe dieses Schiff und jede Seele an Bord vernichtet war.

»Bringen Sie sich in Sicherheit!«, sagte Winterfeld plötzlich. »Die NAUTILUS ist fahrbereit! Meine Ingenieure haben die Schäden repariert. Nehmen Sie die Jungen und Arronax' Leute an Bord und tauchen Sie! Eine zweite Woge hält die LEOPOLD nicht aus.«

Trautman wirkte nicht überrascht – Mike war sicher, dass er genau diesen Vorschlag von Winterfeld erwartet hatte. »Wir werden bleiben, so lange wir können«, sagte er. »Die NAUTILUS ist nicht groß genug, um alle Ihre Männer aufzunehmen, aber –«

»Ich fürchte, dazu bleibt Ihnen keine Zeit«, sagte Winterfeld leise. »Schauen Sie.«

Seine ausgestreckte Hand wies nach Norden und Mike wusste, was er sehen würde, noch bevor er sich herumdrehte und ebenfalls dorthin blickte.

Am Horizont, noch weit, unendlich weit entfernt, entstand eine dünne, glitzernde Linie, nicht mehr als ein Strich aus unterbrochenem Silber, der sich von dem Schwarz der Gewitterwolken abhob. Aber sie wussten alle, was es bedeutete. Es war eine zweite, wahrscheinlich noch gigantischere Welle, die das Schiff diesmal unweigerlich zerschmettern musste.

Sie rannten los. Als sie die Reling erreichten, war aus dem dünnen Strich am Horizont eine fingerbreite Linie geworden und Mike glaubte bereits wieder jenes unheimliche Grollen und Rumoren zu hören, das das Nahen der Riesenwoge ankündigte.

Die NAUTILUS lag unter ihnen. Zwei der vier armstarken Seile, mit denen sie an der LEOPOLD vertäut war, waren gerissen, aber das Schiff wies zumindest äußerlich keine Beschädigungen auf und selbst die Strickleiter, die von der Reling zum Turm des Tauchbootes hinunterführte, war noch da. Juan und Ben stiegen unverzüglich hinab, während Singh Chris auf die Arme nahm und wartete, bis er an der Reihe war. Es würde knapp werden. Selbst wenn die Maschinen der NAUTILUS wieder tadellos funk-

Mike rieb sich verblüfft mit den behandschuhten Fingern über die Augen, nahm die Hände herunter, blinzelte, blinzelte noch einmal und schloss schließlich die Augen, um in Gedanken ganz langsam bis drei zu zählen, ehe er die Lider wieder hob. Der Anblick hatte sich nicht verändert.

Unter ihnen breitete sich ein weites, von wucherndem Grün erfülltes Tal aus. Es musste mehrere Meilen breit und so lang sein, dass sein jenseitiges Ende in grüngrauem Dunst verschwand. Ein gewundener Fluss schlängelte sich silbern glitzernd zwischen den Bäumen hindurch, die auf dem Talboden wuchsen, und ein warmer, feuchter Windhauch schlug ihnen ins Gesicht, begleitet von den unterschiedlichsten Geräuschen, die zum Teil vertraut, zum Teil fremd waren.

»Das ist nicht möglich«, murmelte Ben. »Ich ... ich träume wohl! Ich muss am Seil abgerutscht und furchtbar auf den Kopf gefallen sein!«

»Das vermuten wir alle schon seit einer geraumen Weile«, sagte Juan. Aber seine Stimme zitterte und der gepresste Ton, in dem er sprach, nahm den Worten jeglichen scherzhaften Klang.

»Unglaublich!«, flüsterte Trautman. »Das ist ... ein Wunder.«

»Da unten!«, rief Chris. »Das ist Singh. *Singh!*«

Das letzte Wort hatte er geschrien und die Gestalt, die gerade in diesem Moment zwischen den Bäumen unter ihnen aufgetaucht war, hatte es offensichtlich gehört, denn sie änderte abrupt ihre Richtung und rannte mit weiten Sprüngen auf sie zu. Es war tatsächlich Singh. Mike hatte ihn im ersten Moment kaum erkannt, denn der Inder hatte die dicke Pelzjacke ausgezogen und auch der weiße Turban, den er unter der Kapuze getragen hatte und ohne den er normalerweise nie anzutreffen war, fehlte.

Wie auf ein unhörbares Kommando hin setzten sie sich alle gemeinsam in Bewegung und liefen dem Sikh entgegen. Singh riss im Laufen die Arme in die Höhe und winkte ihnen zu. Er rief irgendetwas, was Mike nicht verstand, und er wirkte wie ein Mensch, der *vor irgendetwas davonrannte.*

Und dann teilten sich die Bäume hinter dem Inder und das Ungeheuer brach heraus.